Stringere Così Forte

Non avrebbe mai immaginato che un'ossessione potesse prendere piede così strettamente

Ashley Colem

This is a work of fiction. Similarities to real people, places, or events are entirely coincidental.

STRINGERE COSÌ FORTE

First edition. December 16, 2023.

Copyright © 2023 Ashley Colem.

ISBN: 979-8223075264

Written by Ashley Colem.

Also by Ashley Colem

Bien Trop Brutal

Obsede Par Elle

Limite dépassée

Amour Improbable

Kataliya, la Parfaite Élue

Le Choix Ultime d'un Seul Amour

Réveille-toi, Barbara

Sexe à Répétition

Taïna est en feu

Captive d'une Nuit Enneigée: Jusqu'à ce qu'elle apparaisse et que son âme se sente captivée

Ces Attouchements Tabous: Cette nuit-là, il a changé ma vie pour toujours

Épuisement: Sienna est peut-être jeune, mais son corps sait ce dont il a besoin

Il va l'avoir: William veut Jesse plus que tout au monde

La Femme de ses Rêves: Il est obsédé par la jeune beauté qui lui a volé son cœur

Le No 1 des Connards: Il ne cherche pas d'excuses pour ce qu'il est ou ce qu'il fait

L'étrange Mariage du Milliardaire

Maintenant... Elle est à moi pour Toujours: Je mets un bébé dans son ventre et une bague en diamant à son doigt

Piégé par elle

Quando Nehemie Franck camminato sul Mirtillo ranch, si aspettava che la sua vita fosse in un certo modo. Era la sposa per corrispondenza del proprietario e doveva adempiere ai suoi doveri. Pulisci la casa, cucina per i suoi uomini e scalda il suo letto di notte. Quello che non si aspettava era il muscoloso cowboy che entrò e la fece letteralmente travolgere.

Holsen Myrtil non ho avuto il tempo di uscire con qualcuno e di trovare moglie. Quindi una sposa ordinata per corrispondenza sembrava il modo più semplice per trovare un partner. Pensò di aver commesso un errore finché non posò gli occhi sul piccolo raggio di sole che illuminò la sua vita. Non avrebbe mai immaginato un vero amore come questo. Non avrebbe mai immaginato che un'ossessione potesse prendere piede così forte.

Quando il dramma colpisce la fattoria e il loro amore è minacciato, puoi farlo Nehemie E olsen tenerlo insieme?

Capitolo 1

Nehemie

"Mancare Nehemie Franck?" Giro la testa per guardare l'uomo che ha pronunciato il mio nome. Il sole mi blocca la vista finché non fa un altro passo avanti, i suoi stivali da cowboy che picchiettano sul cemento dell'ingresso della stazione ferroviaria. I suoi movimenti mi permettono di vederlo chiaramente adesso, e sono sorpreso dalla sua vista.

Sembra che potrebbe avere l'età di mio padre. Non che conoscessi mio padre, ma se dovessi indovinare quanti anni avesse, sarebbe più o meno così vecchio. Immediatamente, quella piccola parte di paura che avevo provato svanisce. L'uomo sembra carino. Le rughe intorno alla bocca sono evidenti, nonostante tutte le rughe. I suoi capelli grigi sono tagliati corti, la sua pelle è profondamente abbronzata dal sole, probabilmente per anni di lavoro sulla terra.

"Si sono io." Mi alzo dalla panchina su cui sono seduto da più di un'ora. Stavo iniziando a chiedermi se il mio futuro marito sarebbe arrivato o se magari avesse cambiato idea. La preoccupazione era peggiorata col passare dei minuti. Non avevo nemmeno abbastanza soldi per prendere il treno per tornare da Lobo, in Texas. Sarei rimasto bloccato in una città nel mezzo di Nowheresville.

«Mi dispiace, signora. Stamattina una delle recinzioni si è rotta e c'erano maiali dappertutto. Ho dovuto radunare quei bastardi." Si fa piccolo piccolo davanti alla sua stessa maledizione. "Scusate il linguaggio, signora."

Sorrido, facendogli capire che non mi dà fastidio "Non trattenerti per me. Sono cresciuto in una fattoria con dieci braccianti. Ho sentito tutto."

«È così?»

Annuisco. "Sì, finché mia mamma non si è ammalata e abbiamo dovuto trasferirci in città." Posso ancora sentire il dolore nella mia voce.

È ancora fresco. Non posso nasconderlo, anche se lo volessi. Mi ha lasciato tutto solo poco più di un mese fa, e adesso non ho nessuno. Il ranch in cui ero cresciuto non c'era più. Non era il nostro ranch, ma sembrava che lo fosse dopo tutti gli anni trascorsi a lavorare lì. I proprietari del ranch erano l'unica famiglia che avessi mai conosciuto veramente, ma i Blackwell hanno aumentato e venduto il ranch l'anno scorso e non c'era più la possibilità di tornare a lavorare lì adesso.

Mi ero ritrovato lungo il torrente senza pagaia.

"Mi dispiace per la tua perdita."

Alzo semplicemente le spalle perché non voglio davvero parlarne.

"Tutto quello che hai?" Fa un cenno verso l'unica borsa che ho accanto alla panchina. Questo è tutto quello che hai? Le parole bruciano.

"Sì, è tutto quello che ho."

Mi studia per un secondo, i suoi occhi si addolciscono.

"Non ti vedrà mai arrivare." Ride, e le rughe intorno alla bocca ora sono più evidenti. So che sta parlando del mio futuro marito, Holsen Myrtil.

«Sono abbastanza sicuro che sappia che sto arrivando.» Vado a prendere la borsa, ma l'uomo mi precede.

"Mi chiamo Earl", dice, prendendo la mia borsa e facendomi l'occhiolino. "E no, non sono sicuro che sappia che stai arrivando."

Detto questo si gira, con la borsa in mano, e inizia ad uscire dalla stazione ferroviaria. Lo seguo mentre ci dirigiamo verso un camion nero. Getta la mia borsa nel bagagliaio prima di aprirmi la portiera del passeggero.

In realtà deve darmi una piccola spinta per entrare. Questa cosa ha bisogno di una maledetta scala a pioli o qualcosa del genere.

Chiudendomi la porta alle spalle, mi allaccio la cintura di sicurezza mentre lui sale al posto del conducente. Si allaccia la cintura prima di girare la chiave e il camion prende vita.

«È a circa un'ora di macchina dal ranch. Non sarà altro che terreno agricolo una volta che ce ne andremo da questa città. Hai bisogno di qualcosa prima di andare?"

"Dove si trova?" Non so perché sia questa la mia risposta, ma mi ferisce il fatto che l'uomo che dovrei sposare non sia qui a prendermi. In realtà pensavo che ci saremmo sposati prima di andare al suo ranch. Questo è ciò che diceva l'e-mail.

"Sono stato trattenuto", è la sua unica risposta mentre esce dalla stazione ferroviaria, imboccando la strada fuori città.

Mi mordo il labbro mentre guardo Earl, che mi fa un altro occhiolino. Discuto se dovrei provare a interrogarlo per avere informazioni a riguardoHolsen o lascia che sia. Probabilmente gli avrebbe raccontato tutto quello che avevo detto. Oltretutto,Holsen mi ha detto come avrebbe funzionato questo matrimonio e perché aveva bisogno di una moglie.

Un matrimonio di convenienza. Qualcuno che gli riscaldi il letto e gli cucini i pasti. Non l'aveva detto in termini così schietti, ma potevo leggere tra le righe. Anche se non sapevo perché un uomo così belloHolsen avevo bisogno di una sposa per corrispondenza. Bello era un eufemismo. Mi aveva dato una sua foto e aveva detto che era l'unica che aveva. Sembrava che fosse stata scattata senza che lui lo sapesse. Era in cima a un cavallo, un'espressione severa sul viso.

Non riuscivo a distinguere i suoi capelli con lo Stetson in testa o il colore dei suoi occhi, ma non potevo nascondere che fosse attraente e massiccio. Intimidatorio era la parola migliore che potessi usare per descriverlo nella foto. Non potevo immaginare che un uomo come lui avesse bisogno di avere una sposa per corrispondenza, ma eccomi qui. Qualcosa sul non aver bisogno dei grovigli dell'amore. Non sarebbero stati cuori e fiori. Ognuno di noi farebbe la propria parte.

Le sue parole erano fredde e, per questo, avevo spinto l'idea di trovare il mio Principe Azzurro fuori dalla finestra. Quando ho scoperto per la prima volta del Programma Cowboy per corrispondenza, avevo lasciato che quelle piccole idee romantiche mi girassero per la testa, ma era chiaro dalle e-mail e dal fatto che non riusciva nemmeno a scegliere mi ha detto oggi che non aveva mentito. Tutto questo per comodità.

Non ha nemmeno chiesto una mia foto. Tutto quello che voleva sapere era se sapevo cucinare, pulire e usare il computer. Questo era più o meno il nocciolo della questione. L'agenzia ha effettuato un controllo dei precedenti e non sono sicuro di cosa abbiano datoHolsen di esso.

Chiudo gli occhi e presto il ronzio del camion mi fa addormentare. Non so per quanto tempo rimango alla deriva, ma il tocco di una mano sulla mia mi sveglia dal sonno.

"Siamo qui", dice Earl. Guardo una grande casa in stile ranch realizzata completamente in legno. Un ponte avvolge il tutto e vedo delle altalene bianche sul portico. La doppia porta d'ingresso è di colore blu scuro, conferendo alla casa un'atmosfera accogliente.

Apro la portiera del camion, vorrei vedere di più, ma Earl mi afferra per il polso.

"Aspettami." Esce dal camion, girandosi al mio fianco per aiutarmi a scendere.

C'è terra fin dove riesco a vedere, con fienili punteggiati qua e là.

"È bellissimo qui."

Earl si limita ad annuire in segno di consenso prima di tornare al camion e prendere la mia borsa. Alcuni uomini escono dal fienile bianco più vicino alla casa. Entrambi alzano il cappello, salutando. Faccio loro un cenno con la testa.

Una cosa che ho sempre amato del crescere in un ranch era che c'erano sempre persone in giro. E adoro cucinare. Io e la mamma potevamo cucinare per ore per gli uomini, e valeva la pena vedere i loro volti illuminarsi quando tornavano dopo una dura giornata di lavoro. Mi ha fatto sentire necessario, parte di qualcosa. Voglio di nuovo quella sensazione.

"Lascia che ti mostri l'interno." Seguo Earl su per le scale del portico. Apre le porte della casa, che conducono direttamente nel soggiorno. Tutto è minimo. Sembra che una donna non abbia mai messo piede qui. Le pareti sono spoglie e gli unici mobili sono tre divani posti di fronte ad uno schermo televisivo gigante. Il soggiorno è aperto e collegato alla sala da pranzo e alla cucina.

La sala da pranzo ha un tavolo di legno che probabilmente può ospitare quindici persone, ma la cucina ruba la scena. Mi ritrovo lì dentro, senza nemmeno rendermi conto di essermi mosso. I controsoffitti sono tutti in granito. L'isola ha un proprio lavandino. In una parete sono incorporati quattro forni. Gli elettrodomestici in acciaio inossidabile praticamente brillano. Penso che mi sposereiHolsen solo per questa cucina.

"Nuovo di zecca", dice Earl, sfondando la mia cucina.

Mi giro per guardarlo ancora in piedi nel soggiorno mentre mi osserva.

"Quante mani ci sono qui?"

"Il totale è di diciotto persone se conta anche lei, signora."

Potrei sicuramente gestire diciotto persone in una cucina come questa. Lancio un'occhiata all'orologio. È già l'una del pomeriggio.

"Ora di cena?" chiedo mentre inizio ad aprire i cassetti, cercando di vedere dove si trova tutto.

"Sei", lo sento dire da dietro di me mentre trovo un grembiule e lo indosso, legandolo dietro il collo e assicurandomi di non impigliare nessuna delle spirali bionde che si sono staccate dalla mia coda di cavallo.

«Bene, sarà meglio che ci vada se voglio che la cena sia pronta per allora. Immagino che il mio adorato futuro marito non abbia intenzione di sposarmi oggi dato che non potrebbe nemmeno prendersi la briga di venirmi a prendere. Mi giro, mettendo le mani sui fianchi.

Earl si limita a sorridere. Ancora.

"No, non credo che abbia intenzione di sposarsi oggi."

Faccio un breve cenno del capo prima di tornare al compito da svolgere. Nemmeno sposata e sono già arrabbiata con quell'uomo. Ma penso che il nostro matrimonio sarà così. Lo vedrò durante i pasti e quando verrà a letto. Un letto in cui sono sicuro che dovrei stare. Non è mai stato detto apertamente, ma è quello che fanno le persone sposate.

Avevo fatto dei piani anche per quello, assicurandomi di prendere la pillola prima di venire qui. Potrei essermi ritrovato in questa situazione, ma non porterei un bambino con me. Si trattava di sopravvivere e...Holsen non aveva mai parlato di bambini.

Vado nella dispensa e guardo cosa ho che potrebbe sfamare quasi venti persone. Dopo aver guardato gli scaffali qui e in cucina, decido per gli hamburger con patatine fritte e un'insalata di pasta. Presto dovrò andare a fare la spesa, ma ne ho abbastanza per stasera e per la colazione di domani. Ma devo iniziare con le torte per metterle in forno.

Quando esco dalla dispensa, urlo. Colto di sorpresa da un giovane che sembra avere più o meno la mia età o forse poco più che ventenne. Mancano ancora pochi giorni al mio ventesimo compleanno.

Alza le mani al mio grido.

“Mi spiace, signora. Stavo giusto arrivando per il kit di pronto soccorso." Agita il kit che ha in mano. "Il filo spinato gli ha preso il polpaccio."

“Scusa, mi hai solo spaventato. Non aspettavo nessuno”.

Mi fa un sorriso storto. “Quindi il capo è andato fino in fondo. Si è preso una moglie.

“Sono io”, confermo, anche se non siamo ancora sposati. Mi avvicino al lavandino e tiro fuori uno strofinaccio che ho visto nel cassetto, bagnandolo con acqua tiepida.

"Potresti averne bisogno." Gli porgo l'asciugamano.

"Sei davvero piccolo." I suoi occhi mi percorrono come se stessi nascondendo le dimensioni da qualche parte. Sono piccolo. Sono alto appena un metro e settanta e avevo un po' più di carne sulle ossa, ma quando i soldi scarseggiano anche il cibo.

"Penso di poter gestire le mie faccende domestiche pur essendo piccolo." Rispondo, non sono sicuro di dove voglia arrivare.

"Oh, sono sicuro che puoi. Volevo solo dire..." Torna a guardare la porta d'ingresso come se all'improvviso volesse andarsene e non finire quello che stava dicendo.

"BENE?" Spingo, voglio sapere.

"Dovrei davvero andare." Esce dalla cucina, con il kit di pronto soccorso in una mano e l'asciugamano nell'altra, prima di lanciarsi fuori dalla porta principale. E rimango lì, chiedendomi cosa intendesse.

capitolo 2

Holsen

Sedutomi, mi tolgo il cappello e tiro fuori la bandana dalla tasca posteriore. Mi asciugo il sudore dalla fronte e dal collo, sentendo il calore del giorno sulla schiena. Adoro stare all'aria aperta e lavorare con le mani. Per me non c'è piacere più grande nella vita che lavorare la mia terra e gestire la mia fattoria. Questo tipo di vita non è per tutti, ma è nelle mie ossa. Non sopporto di andare in città e stare in mezzo a tutta quella gente e quel rumore. Ho abbastanza rumore qui fuori con il bestiame e gli uomini che lavorano per me. Sono come una famiglia, quindi stare con loro non è un problema.

Sono cresciuto in questa terra e, sebbene sia stato in altri posti nel mondo, questo è ancora il posto più bello che abbia mai visto. Per quanto odio la città, e stare qui è fantastico, mi sento molto solo. Questi ragazzi che lavorano con me ogni giorno sono la spina dorsale di questo ranch, ma non è la stessa cosa che avere una famiglia tutta mia.

Questo è il motivo per cui volevo fare la sposa per corrispondenza in primo luogo. Ho pensato che mi sarebbe servito qualcuno per rendere questa casa più simile a una casa. Riunisci il ranch e trasformalo in qualcosa che non potevo. Certo, potrei gestire questa fattoria con gli occhi bendati e le mani legate dietro la schiena. Ma non gli dà l'anima di una vera casa. È qualcosa che solo una donna può fare, e ho pensato che sposare qualcuno che fosse coinvolto per le stesse ragioni avrebbe reso le cose più facili. Taglio più dritto. Nessuna linea da sfumare e tutto in bianco e nero. Diavolo, ho fatto rifare anche la cucina in modo che fosse perfetta per la mia nuova sposa.

Ma ieri sera mi giravo e rigiravo pensando a cosa avrei fatto con mia moglie, e ho deciso di cancellare tutta quella dannata cosa. Mi sono alzato poco prima dell'alba e volevo parlarne con Earl, ma una delle recinzioni si era rotta e siamo dovuti andare subito al lavoro. Si è fatto tardi prima che avessi un secondo per pensare e a quel punto gli ho detto semplicemente di andare a dirle di salire sul treno e tornare a casa. Le ho detto solo di dirle che avevo cambiato idea. Non volevo ammettere né a Earl né a me stessa che nel profondo avevo solo paura. Paura di cosa significherebbe avere una moglie. E se non le piacessi? E se si fosse risentita perché lavoro così tanto nella terra e non le dedico abbastanza del mio tempo? Non voglio deludere nessuno e avevo la sensazione che l'avrei fatto spesso. Non ho idea di cosa fare con una moglie.

Mentre mi rimetto il mio Stetson e scendo dalla recinzione, vedo Earl salire sul suo cavallo. Quando si avvicina, scende e si avvicina.

"Te ne sei occupato?" chiedo, aspettando di vedere se ha rimandato indietro la sposa.

"SÌ. È tutto a posto", dice, passandomi accanto e dirigendosi verso il punto in cui alcuni ragazzi stanno ancora lavorando all'ultima recinzione.

Sento una fitta di delusione colpirmi il petto mentre penso al suo ritorno a casa. Non abbiamo parlato molto prima, solo qualche breve e-mail, maNehemie sembrava una brava signora e sono sorpreso di quanto mi senta triste nel non poterla incontrare. Sarebbe stato per comodità e lei sarebbe stata semplicemente come un altro salariato nella fattoria, ma qualcosa dentro di me si rammarica della decisione.

Scusandomelo, cerco di non pensarci. È stata la decisione giusta e sono sicuro che la supererò abbastanza presto. Ci sono troppe faccende da fare perché io possa sedermi e pensare alla mia scelta e a quanto avrebbe potuto essere sbagliata.

È il caldo del pomeriggio, ed è allora che svolgiamo il lavoro nella stalla e cerchiamo di ripararci dal sole il più possibile. Questo ranch è stato tramandato nella mia famiglia e dopo che mia madre e mio padre sono morti, è andato a me. Ho aiutato a gestirlo da quando ero abbastanza grande per camminare, quindi conosco ogni centimetro di questo posto. I miei genitori erano giovani quando subentrarono ai miei nonni. Penso che avessero intenzione di avere un sacco di bambini per dare una mano, ma dopo che mia madre mi ha avuto non sono riusciti ad averne altri. Anch'io sognavo di avere una famiglia numerosa, ma non sono mai riuscito a trovare il tempo per prendere moglie. Da qualche parte dentro di me ho sempre desiderato ciò che avevano i miei genitori, ma pensavo che ciò che avevano fosse raro. Le persone non trovano quel tipo di amore tutti i giorni, ma ho sognato che, se mai l'avessi fatto, avrei voluto che quanti più bambini possibile amassero, giocassero con loro e insegnassero loro tutto sulla nostra terra.

Entriamo in uno dei fienili e controllo le galline mentre i ragazzi danno loro il grano e raccolgono le uova. Abbiamo un'altra stalla per le mucche e i maiali, e poi abbiamo anche cavalli e bovini. Non c'è molto che non coltiviamo o alleviamo da soli qui, e mi piace così. Guadagniamo con il bestiame grosso. Allevarli e poi venderli per la loro carne. Sono dei bei soldi e, anche se c'è molto lavoro, ne vale la pena.

Usiamo una parte della fattoria per la coltivazione, ma è solo per noi. Non è per fare soldi. Mi piace sapere che qui siamo per la maggior parte autosufficienti e che non dobbiamo correre in città per ogni piccola cosa di cui abbiamo bisogno.

Ci sono circa quindici ragazzi che lavorano per me a tempo pieno qui, e vivono anche tutti nella fattoria. La casa grande serve per consumare i pasti e tenere riunioni, ma ci vivo solo io. Ci sono altri due grandi edifici nella fattoria dove alloggiano gli uomini. Sono sistemati davvero bene. Ognuno ha il proprio spazio e se ne sta per conto suo quando non lavora. Uno dei caposquadra della fattoria ha anche un paio di capre che tiene come animali domestici, e un altro ha un paio di pecore. Presto le pecore dovrebbero avere degli agnelli e sarà bello avere dei nuovi cuccioli nella fattoria.

Mi fermo mentre vado al mio cavallo e penso per un secondo ai bambini. Cosa significherebbe se non avessi nessuno dei miei a occuparsi della fattoria se mi succedesse qualcosa? E come ci si sentirebbe a non poter avere una famiglia tutta mia. Scaccio il pensiero mentre salgo a cavallo e mi dirigo verso il lato ovest del territorio.

Voglio superare il limite e ricontrollare dopo il fiasco che abbiamo avuto stamattina. Il problema di così tanta terra è che sei molto solo e non sono sicuro che dovrei essere solo con i miei pensieri in questo momento. Ho già riflettuto troppo oggi sul fatto di aver inviatoNehemie via e cosa significa. Diavolo, dovrei farmi il culo in questo momento, ma si sta facendo tardi e devo trovare un cuoco o qualcosa per sfamare tutti. Cuciniamo a turno e stasera è la serata di Earl. È il miglior caposquadra che ho, ma dannazione se quell'uomo non sa cucinare per un cazzo.

Andando verso la stalla, incontro un paio di ragazzi che stanno facendo dormire i cavalli per la notte, e io li aiuto. Distribuiamo nuovo fieno, diamo loro da mangiare e chiudiamo la stalla. Sono quasi le sei e, dato che tutti sono alzati dalle quattro del mattino, la giornata sarà lunga. Una normale giornata lavorativa in una fattoria è stancante, ma basta aggiungere un recinto rotto alle prime luci dell'alba e ti ritroverai con un folto gruppo di lavoratori stanchi e affamati. Tutto quello che posso fare è pregare che Earl stasera abbia preparato qualcosa di semicommestibile.

"Dannazione, qualcosa ha sicuramente un buon odore", dice Travis, uno dei braccianti, accanto a me mentre ci avviciniamo alla grande casa.

Alzo il naso e annuso. Il mio stomaco brontola. "Mmm, certo che lo è. Forse Earl ha finalmente creato qualcosa che non dobbiamo soffocare.

I ragazzi ridono mentre ci dirigiamo verso la grande fontana vicino alla casa e ci laviamo per la cena. È uno di quei grandi vecchi lavandini da fattoria con una maniglia su cui si pompa e l'acqua fuoriesce. Alcuni di noi restano in piedi e io mi lavo la bandana, usandola per lavarmi il viso e il collo. Successivamente mi tolgo la terra dagli stivali ed entro in casa. È la stessa routine che faccio da quando ero bambino, e la faccio fare anche a tutti i ragazzi. Mia madre ci faceva sempre lavare i piatti e pulire gli stivali prima di entrare a mangiare, ed è un'abitudine che non riesco proprio a perdere. Anche se non è niente di speciale e siamo solo noi ragazzi, li faccio comunque comportare come persone civili quando ci sediamo a mangiare.

Quando varco la porta, mi dirigo verso la sala da pranzo e mi fermo sui miei passi. La tavola è apparecchiata e la maggior parte dei ragazzi è seduta. Alcuni di loro mi seguono. Immagino che Earl abbia davvero fatto un passo avanti stasera. La maggior parte delle volte, il cibo è in fila e tutti prepariamo i nostri piatti e ci sediamo. Di solito non viene servito come un vero pasto e il piccolo sforzo mi fa sorridere. Il mio stomaco brontola di nuovo mentre guardo in basso sul tavolo e vedo vassoi di hamburger con tutto il condimento e patatine fritte fatte in casa in grandi ciotole in mezzo. È un pasto semplice, ma abbondante e ha un profumo straordinario. Tutti i ragazzi si siedono e io vado in cucina per ringraziare Earl per l'ottima cena stasera.

Quando varco la porta, lo vedo in piedi al centro della cucina e gli sorrido.

"Grande fatica stasera. Ha un buon profumo e i ragazzi sono pronti a impegnarsi. Guardo il bancone e vedo cinque torte appoggiate sopra, che si raffreddano. Sono scioccato perché non riesco a ricordare l'ultima volta che ho mangiato una torta fatta in casa e so che Earl non le ha fatte. "Da dove vengono?" chiedo, dirigendomi verso la cucina.

"Me."

Sento una dolce voce femminile di lato e mi alzo per vedere una bellissima donna con boccoli dorati ammucchiati sopra la testa in piedi nella dispensa. È così piccola, alta forse un metro e mezzo, e ha le guance rosee e grandi occhi azzurri. È assolutamente meravigliosa e, mentre abbasso lo sguardo, vedo che indossa uno dei vecchi grembiuli di mia madre. Sembra così perfetta e voglio immediatamente andare da lei e prenderla tra le braccia. Ma prima che io possa dire o fare qualsiasi cosa, Earl parla.

"Questa è la signorinaNehemie Franck. Sai, la tua sposa per corrispondenza.

Detto questo, Earl mi passa accanto e va nella dispensa. Si ferma e guardaNehemie. "La cena sembra meravigliosa, signorinaNehemie. Vieni fuori dalla dispensa e lascia che i ragazzi ti ringrazino.

Vedo le sue guance rosee arrossire e si morde il labbro, ma fa un passo verso la porta.

Cosa pensa di fare? Non può andare là fuori e lasciare che quegli uomini la vedano. È pazza? È la donna più bella che abbia mai visto in vita mia. Non c'è alcuna possibilità che quei cani da caccia mettano gli occhi su questa piccola cosa dolce e innocente.

In tre lunghi passi, sono davanti a lei. Allungandomi, le afferro il braccio e fermo il suo movimento.

"No" è l'unica parola che posso dire. Il mio cervello e la mia lingua non sembrano funzionare insieme, e questo è tutto ciò che posso dire per impedirle di lasciarmi.

capitolo 3

Nehemie

Alzo lo sguardo negli occhi più grigi che abbia mai visto. Non sapevo nemmeno che gli occhi potessero davvero essere di un grigio così scuro. La sua mano abbronzata attorno al mio braccio si stringe ancora un po'. Duro ma non doloroso. I miei occhi vanno alla mano che avvolge il mio braccio mentre lo avvolge.

Pensavo che fosse grande nella foto che mi aveva inviato. Non era niente in confronto a lui in persona. L'uomo è ben più di un metro e mezzo più alto di me. Sento il suo pollice sfiorare la manica della mia maglietta, quasi come se mi stesse accarezzando in piccoli cerchi. La consistenza ruvida è piacevole sulla mia pelle, troppo piacevole per un uomo che vorrei prendere a schiaffi in questo momento perché è un idiota. Un coglione sexy.

Mi lecco le labbra. Si sentono improvvisamente asciutti. I suoi occhi vanno lì, stringendosi alla mia azione. Stringe forte la mascella, facendo sembrare un po' più prominente la barba che gli ricopre il viso, e mi chiedo se si sia rasato solo stamattina o se sia vecchia di qualche giorno. Se dovessi indovinare, si è rasato stamattina e cresce velocemente.

"NO? La terrai chiusa nella dispensa?" Earl ride della sua stessa battuta. "So che gestisci una nave rigorosa, capo, ma è..." Le sue parole si interrupperoHolsen mi tira per il braccio, il mio corpo va a sbattere contro il suo come se non avesse alcuna intenzione di lasciarmi uscire dalla dispensa. Odora di sole e mi coglie di sorpresa tanto quanto lui che mi attira a sé.

Uso l'altro braccio per infilare un ricciolo biondo sciolto dietro l'orecchio. È qualcosa che faccio sempre quando sono nervoso. L'aria nella dispensa inizia ad addensarsi di un silenzio inquieto.

"Dovrei davvero togliere l'ultima torta dal forno." Mi tiro il braccio eHolsen a malincuore mi libera. Ne approfitto per fuggire dalla dispensa, scivolando oltreHolsen ed Earl come se avessi il culo in fiamme. Non ho idea di cosa pensare di quello che è appena successo lì dentro, ma non era così che pensavo di incontrare il mio nuovo marito.

Mi dirigo direttamente verso il forno e un grido esce dalla mia bocca mentre vengo presa e posata sul bancone. So che un buon vento potrebbe spazzarmi via, ma mi muove come se non fossi niente.

"Ti brucerai", dice con voce profonda e autorevole. Quello che sono sicuro fa saltare anche tutti. Mi gelo persino per un momento mentre lo guardo afferrare i guanti da forno prima di aprire il forno ed estrarre la torta di pesche, posizionandola sul bancone accanto alle altre.

"Come pensi che gli altri siano riusciti a raggiungere il bancone?" Rispondo aspro. Non sono sicuro di cosa pensare di questo. L'unica cosa che ha fatto nei due minuti in cui l'ho conosciuto è stata comandarmi. Ora capisco perché Earl lo chiama capo. Il titolo calza bene.

Si toglie i guanti da forno, gettandoli sul bancone. Si porta la mano al viso e stringe il ponte del naso leggermente storto. Probabilmente è stato rotto una volta o due. È chiaramente irritato con me. Forse è meglio che lo tenga chiuso e non parli troppo. Ho bisogno di questo posto. Non ho nessun altro posto dove andare, ma che diamine. Se non riesco a toccare il forno, cosa dovrei fare da queste parti?

Le mie guance iniziano a bruciare al pensiero sporco che mi viene in mente, e abbasso la testa, guardando i miei stivali logori, non volendoHolsen per vedere il mio rossore. Forse potrei dare la colpa al fatto di cucinare tutto il giorno. Il caldo mi sta dando fastidio.

"Cosa farò con lei?" Lo sento borbottare. Questo non è davvero un ottimo inizio. È un totale idiota. Non si è nemmeno preso la briga di salutare. È così difficile? Ciao sonoHolsen, l'uomo che sposerai domani. È un piacere incontrarti. Non è poi così dannatamente difficile, vero? L'uomo non ha buone maniere. Oppure non è contento della sposa che ha ottenuto. Sto pensando ad entrambi a questo punto.

"Perché non ti unisci a noi,Nehemie? Conoscere tutti?" sento dire Earl, facendomi alzare lo sguardo. All'improvviso ricordo che tutti sono nella sala da pranzo e possono vederci. Stanno tutti fissandoHolsen e io. I loro occhi guizzano avanti e indietro tra noi, in attesa di vedere cosa succederà dopo.

"Che ne dici di farti gli affari tuoi, Earl?"Holsen abbaia, senza nemmeno guardare il pover'uomo che si limita a sorridere di nuovo. Non ho mai visto i sorrisi arrivare così facilmente per qualcuno prima. È carino. Mi fa sentire come se avessi già qualcuno dalla mia parte. Mi fa un altro occhiolino come se stessimo condividendo una battuta di cui non sono a conoscenza. Ottenere il meglioHolsen di proposito.

"Mi piacerebbe." Salto giù dal bancone, ignorandoloHolsen e sentirlo borbottare qualcosa sul fatto di farmi del male. Prendo un piatto dal bancone e vado in sala da pranzo. Earl dà una gomitata a un uomo seduto accanto a lui, che si muove velocemente, dandomi un posto dove sedermi dopo che ho riempito il piatto. sentoHolsenmi fissa per tutto il tempo in cui mi muovo sul tavolo. Riesco a malapena a mettere il sedere sul sedile accanto a Earl eHolsen sta entrando pesantemente nella sala da pranzo, dirigendosi verso la sedia accanto alla mia, a capotavola.

"Tutti, questa è la signorinaNehemie Franck." Earl mi presenta a tutti mentre cerco di ignorarliHolsen il meglio che posso. Non è un'impresa facile con la sua stazza e intensità. Mi salutano le bocche piene di cibo. Andranno a cena come se non mangiassero da settimane. "È da un po' che non mangiamo bene", aggiunge Earl, dando un grosso morso al suo hamburger.

Sussulto quando vengo ripreso e messo su un giro duro. "Sig.ra.Nehemie Mirtillo." Il possesso risuona forteHolsenla correzione del mio nome. Non sono unMirtillo ancora, e avevo la sensazione che non lo sarei stato fino a pochi istanti fa in cucina. Mi congelo come un cervo preso dai fari mentre tutti smettono di mangiare per guardare l'estremità del tavolo. I loro occhi sono puntatiHolsen, presumo, perché sono mirati sopra la mia testa.

Avvicinandosi a me, fa scivolare il mio piatto da dove ero seduto. La sua bocca arriva al mio orecchio. "Mangiare." Dà ancora un altro comando. Il suo respiro caldo contro il mio orecchio fa sì che piccoli peli vaganti mi solletichino la pelle. Si tira indietro un po' e sento il suo naso che sfiora appena la mia pelle. Lo sento fare un respiro profondo come se stesse inspirando me. Stringo le gambe e vorrei indossare dei jeans invece dei pantaloncini. Li avevo indossati quando ho capito che non mi sarei sposata oggi, e ho messo via l'unico bel vestito che ho.

Come se avesse notato che tutti ci fissavano, alla fine abbaia anche loro per chiedere di mangiare. Il suo tono non è così dolce come quando me lo aveva sussurrato all'orecchio. Tutti saltano al suo comando e tornano a mettersi il cibo in bocca.

Non so cosa fare, quindi mangio e basta. Forse prima finisco di mangiare, più velocemente riesco ad alzarmi dalle sue ginocchia. Prendo il mio hamburger e prendo il mio grosso boccone. Il sapore mi colpisce la lingua. Gemo attorno al boccone, incapace di ricordare l'ultima volta che ho mangiato un pasto completo. Ho sperperato i miei soldi e un pasto completo non è qualcosa che mangio da molto tempo.

Holsenla mano di lui sul mio fianco mi stringe al suono, poi lo sento. Un cazzo duro contro il mio culo. Fermo il cheeseburger a metà della bocca. Sono cresciuta con gli uomini quando io e la mamma lavoravamo nella fattoria Blackwell. Mi sono imbattuto in molti uomini che parlavano delle loro serate fuori e così via quando non si rendevano conto che ero a portata d'orecchio, ma non ero mai stata la destinataria di un uomo che mi voleva.

Quando ero lì, ero troppo giovane e tutti gli uomini trattavano me e mia madre con rispetto. Il proprietario, il signor Blackwell, lo ha preteso, senza che ci fosse nemmeno bisogno di dirlo. Tutti erano come una famiglia per me, o quanto di più vicino avessi mai avuto. Non avevo mai conosciuto mio padre ed ero figlia unica. Poi, dopo che ce ne siamo andati, sono entrato e uscito dagli ospedali con mia madre finché non è morta. Gli uomini non erano nemmeno sul mio radar.

Sapevo che sarebbe successo. Ci stavo pensando dal momento in cui ho firmato per tutta la faccenda della sposa per corrispondenza, ma averlo premuto contro il mio culo rendeva tutto troppo reale. Mi voleva e non sapevo cosa farne. Ero eccitato, felice, spaventato e nervoso allo stesso tempo.

"Tutto fatto", cinguetto, cercando di alzarmiHolsenè in grembo, ma il suo braccio mi passa davanti, serpeggiando intorno alla mia vita e riportandomi giù sulle sue ginocchia. Gli occhi di tutti tornano ancora una volta su di noi. È come una cena e uno spettacolo per loro o qualcosa del genere.

"Mangiare. Sei troppo piccolo." Mi si stringe lo stomaco alle sue parole. La prima cosa che dice di me è negativa. La fame che avevo provato ora è scomparsa e il nodo ha preso il suo posto.

Forse avrebbe dovuto accettare l'offerta di mandargli una mia foto. Allora avrebbe saputo cosa stava ottenendo. Pensavo di aver vinto il jackpot quando ho visto la sua foto. Era chiaramente troppo bello per essere vero.

Mi alzo dalle sue ginocchia, questa volta più forte, e lui mi lascia con un grugnito.

"Earl, hai mai comprato uno stallone senza prima dargli un'occhiata?" chiedo, facendo un passo indietroHolsen, senza guardare nella sua direzione. So che i suoi occhi sono puntati su di me. Proprio come ci sono tutti gli altri nella stanza.

"No, l'ho fatto."

"Non la pensavo così. Penseresti che Mr.Mirtillo lo saprebbe, visto che possiede una fattoria. I miei occhi finalmente vanno verso i suoi. Mi sta fissando, con un'espressione scioccata sul viso. «Forse avresti dovuto dare un'occhiata prima di prendermi. Avresti potuto passare e trovare qualcosa di più di tuo gradimento.

Detto questo mi giro e mi dirigo verso la cucina, ma poi mi fermo, non sapendo dove andare. Non sono nemmeno sicuro in quale stanza dovrei stare.

Mi giro e vedo tutti che mi fissano ancora, ma chiudo gli occhi sulla porta d'ingresso, con in mente la mia nuova destinazione. Devo allontanarmi da tutti che mi guardano e mi prendono a calci. L'ho appena dettoHolsen potrebbe liberarsi di me. E se lo facesse?

"Non scappare"Holsen dice alzandosi dalla sedia come se volesse fermarmi se ci provo. Tutto quello che quell'uomo può fare è comandarmi e insultarmi.

"Bene, allora puoi prendere il divano," sbuffo prima di girarmi di nuovo, dirigendomi verso il corridoio che deve portare ad una camera da letto o qualcosa del genere. Mi fermo in bagno, prendo la borsa che avevo lasciato lì prima quando mi sono cambiata e inizio ad aprire le porte.

Il primo conduce ad un ufficio che sembra sia avvenuta un'esplosione di carta al suo interno. Chiudo velocemente la porta perché se la guardo anche un attimo di più, avrà la meglio su di me e inizierò a pulire con rabbia, qualcosa che sono incline a fare.

La porta successiva conduce ad una camera da letto che sembra minimalista come il resto della casa. Al centro si trova un letto gigante. Lascio la borsa subito dentro prima di chiudere la porta. Il mio dito resta sulla serratura, ma decido di non farlo. Questa non è casa mia.

Mi avvicino al letto e mi getto sulla trapunta bianca, pregandoHolsen non mi fa fare le valigie come prima cosa domani mattina.

capitolo 4

Holsen

Resto lì mentre la guardo allontanarsi. Probabilmente dovrei seguirla, ma penso che in questo momento probabilmente potrebbe usare lo spazio. Sono stato poco accogliente e lo so.

"Levi e Brandon, voi due stasera siete in servizio di pulizia. Una volta che tutti hanno finito, assicurati che la cucina brilli. Non vogliamo che la signoraNehemie fare un pasticcio la mattina quando prepara la colazione", dice Earl a tutti, e sono felice che abbia parlato. Non riesco a mettere insieme due pensieri coerenti, ed è bello sapere che sta guardando fuori.

Voltandomi, esco dalla porta principale senza dire una parola e mi siedo sul dondolo del portico, guardando verso il tramonto. Poi mi metto la faccia tra le mani e penso a in che cazzo mi sono cacciato.

Lei è bellissima. È la cosa più perfetta che abbia mai visto in vita mia e voglio tenerla. Non pensavo di essere pronto per una moglie, e forse non lo sono ancora. Ma vederla mi ha fatto qualcosa e non so se posso trattenermi. Non mi piaceva che gli uomini la guardassero, ma non so come evitare che ciò accada.

Sentendo dei passi davanti a me, alzo lo sguardo e vedo Earl in piedi che mi porge un grosso piatto di torta. Lo prendo e lui si siede accanto a me sull'altalena, dando un morso al suo dolce.

"Dannazione. Credo davvero che quella piccola cosa possa cucinare", dice mentre mangia un boccone di pasta frolla.

Do un morso alla torta di mele, chiudo gli occhi e gemo al gusto. Non ho mai assaggiato niente di così dolce e comincio a chiedermi se anche lei avrebbe il sapore della torta di mele fatta in casa. Cosa non darei per strofinargliela addosso e leccarla per pulirla. Il suo corpo minuscolo non è fatto per qualcuno grande come me, quindi non sono nemmeno sicuro di cosa farei una volta finito di assaggiarla.

"Sai, sto iniziando a pensare che non dovrei chiederti a cosa stai pensando qui tutto solo con i suoni che stai producendo in questo momento."

Guardo Earl e grugnisco. Probabilmente stavo gemendo proprio cosìNehemie gemeva prima sul mio grembo. Mi ha reso più duro di un dannato palo di recinzione che produceva quei suoni con il suo culo rotondo in grembo.

"Non dovrebbe essere qui fuori con un gruppo di uomini come questo," dico, senza alzare lo sguardo verso Earl mentre finisco la mia torta.

"Non ti fidi di questi ragazzi?"

"No", dico velocemente. Confido nella mia vita a tutti questi uomini. Sono bravi ragazzi e so che non le farebbero del male. Sto solo pensando alle scuse. "Perché una creatura carina come quella dovrebbe voler essere una sposa per corrispondenza?"

"Penso che tutti abbiamo le nostre ragioni per cui scegliamo questa vita. E sono sicuro che lei abbia il suo. Earl posa il piatto pulito sul tavolo accanto a noi. «So che mi hai detto di mandarla via. Vuoi ancora che lo faccia?"

"NO." La breve parola contiene un po' di panico alla fine, e poso il piatto vuoto, detestando di non poter nascondere le mie emozioni.

"Non la pensavo così."

Ci dondoliamo un po' in silenzio, osservando gli uomini lasciare la grande casa e dirigersi verso le loro cuccette. Una volta che l'ultimo degli uomini se ne è andato, e Levi e Brandon ci hanno fatto sapere che la cucina è immacolata, Earl mi guarda e parla di nuovo.

"Forse non vorrai il mio consiglio, ma da quando tuo padre è morto, ho pensato che fosse mio compito prendermi cura di te. Anche per me sei sempre stato come un figlioHolsen, quindi, anche se non vuoi sentirlo, lo dirò.

Lo guardo mentre si alza dall'altalena e si dirige verso il bordo del portico.

"Hai una scelta da fare. Puoi procedere con questa sposa ordinata per corrispondenza e renderla tua, oppure puoi mandarla via. Tenerla in giro e non metterle l'anello sicuramente non è giusto nei confronti di tutti questi altri uomini che darebbero il braccio sinistro per prendere il tuo posto.

Detto questo, esce dal portico e si dirige verso la sua piccola cabina accanto alle cuccette dove dormono gli uomini. Lo guardo andarsene, senza muoversi dal mio posto ma lasciando che le sue parole penetrino. Potrei aver iniziato pensando che fosse una soluzione rapida, e potrei aver cambiato idea perché è uno schema folle. Ma alla fine, lo voglioNehemie come se non avessi mai desiderato nulla in vita mia, e non credo di poterlo tenere a bada.

Mi alzo dall'altalena ed entro nella grande casa, chiudendomi la porta alle spalle. Apro la serratura e all'inizio mi sembra strano perché non riesco a ricordare l'ultima volta che ho chiuso a chiave la porta di casa. Ma conNehemie ecco, voglio che abbiamo la nostra privacy, e questo significa tenere fuori i ragazzi finché non saremo bravi e pronti a dar loro da mangiare.

Vado prima nel bagno del corridoio, togliendomi la camicia abbottonata, i jeans e gli stivali. Getto i vestiti sporchi nella cesta prima di togliermi la biancheria intima e aprire l'acqua calda. Entro nella doccia e lascio che lavi via lo sporco e il sudore di oggi. Tutti i miei muscoli si rilassano mentre la mia mano scorre lungo i peli del petto e lungo le creste dello stomaco finché il mio grande palmo non raggiunge il cazzo. È duro e faticoso, quasi viola per il bisogno, e mi tocco, pensando che non riesco a ricordare l'ultima volta che mi sono masturbato. Di solito sono così stanco quando finisco il lavoro della giornata che mi faccio una doccia e cado a letto prima di ricominciare tutto da capo alle prime luci.

Non stasera. In questo momento ho un bisogno ardente che mi attraversa le palle e l'asta di cui devo prendermi cura. Allungando la mano, prendo il sapone e lo strofino tra le mani, formando un po' di schiuma. Faccio scorrere entrambe le mani su e giù per tutta la lunghezza del mio cazzo, comprimendone lo spessore e cercando di ottenere sollievo. Lascio che l'acqua calda mi colpisca la schiena mentre mi infilo le mani, pensando ad ogni piccola curvaNehemieil suo corpo. Il modo in cui i suoi grandi occhi azzurri mi guardavano. Il modo in cui i suoi riccioli biondi le solleticavano il collo e il modo in cui profumava di mele fresche dietro l'orecchio.

Le sue piccole curve non possono assolutamente prendere il mio cazzo. Non c'è modo. Forse, se sono gentile con lei, posso infilare la mancia. Questo è tutto ciò che riuscirei a inserire in lei, e morirei da uomo felice se fosse tutto ciò che ho mai ottenuto da lei. Solo il dolce sapore della sua piccola figa all'estremità del mio cazzo sarebbe tutto ciò di cui avevo bisogno. Solo la calda umidità sulla punta e le sarei venuto dentro ogni notte. Non avrebbe avuto bisogno di prendere ogni centimetro. Solo la testa, e potremmo farlo per il resto della nostra vita.

Faccio scorrere la mano sulla punta sporgente, pensando a come la sua figa stretta la stringerebbe, e sento i miei occhi roteare dietro la testa. Mi piacerebbe allargarle le gambe e vedere se ha dei riccioli biondi anche sulla figa. Non so perché le riviste porno parlino sempre di donne calve. Non fa nulla per me. Ma pensandociNehemie e il fatto che abbia una dolce fighetta con una chiazza di pelo sopra mi fa venir voglia di seppellirci la faccia e mangiarla.

Leccandomi le labbra, gemo mentre immagino le sue piccole gambe avvolte intorno alla mia testa, stringendomi a lei più forte che può. Ha delle curve sotto quel grembiule, quindi so che sarebbe così morbida. Sarebbe dolce e matura per la raccolta. Mi chiedo se prende qualcosa o se è fertile. Scommetto che anche solo infilandole la punta del cazzo, potrei metterla incinta. Potrei lavorare per far uscire il mio sperma forte e a lungo in modo che possa entrarle dentro, anche se non posso arrivare fino in fondo.

Comincio a massaggiarmi il cazzo con movimenti più lunghi pensandoci. Quanto ho bisogno di venirle dentro e farla mia. Ogni colpo nella mia mano diventa sempre più selvaggio e meno controllato. Non posso resistere ancora a lungo.

Immaginando il suo dolce viso che mi guarda mentre si lecca le labbra, getto indietro la testa e grugnisco il mio rilascio. Sento la forza del mio sperma uscire da me e finire sulla parete della doccia di fronte a dove mi trovo. Apro gli occhi e sorrido agli schizzi bianchi sulla pietra. Dovrebbe essere una lunghezza sufficiente per portare a termine il lavoro.

Mi insapono e mi lavo, pensando a cosa devo fare per mantenerloNehemie. Prima di tutto, dobbiamo andare in città domattina e sistemare questa faccenda del matrimonio. Sarà la signoraMirtillo, e questo è tutto.

Prendo un asciugamano dallo scaffale e mi asciugo. Quando ho finito rimango lì per un secondo a pensare a cosa farò. Normalmente entro nella mia stanza e mi metto a letto nudo. Ma io soNehemie è lì e non so se dorme o no. Potrebbe non essere abituata alle ore trascorse in una fattoria e alle frequenti prime ore della notte e del primo mattino.

Qualunque cosa accada, i miei vestiti sono nella mia stanza, quindi devo andare lì.

Uscendo dal bagno, vado in camera mia e giro lentamente la maniglia. Non è chiuso a chiave e questo mi fa sentire bene. Almeno non sta cercando di tenermi fuori. Una volta entrato, chiudo la porta dietro di me.

La stanza è quasi completamente buia. VedoNehemie addormentata sul letto, la luce della luna filtrava, mostrandola su un fianco, ancora completamente vestita. Non posso evitare l'attrazione che provo per lei mentre mi avvicino al letto e appoggio il ginocchio sul materasso. Esito per un secondo, ma poi mi tolgo l'asciugamano e lo lascio cadere a terra mentre tiro indietro le coperte e mi infilo dentro. Mi raccolgo dietroNehemie, pensando che potrebbe prendere freddo, e copro anche lei con alcune coperte. Geme leggermente nel sonno e io rimango immobile mentre lei si muove un po' per coccolarmi. Una volta che si è sistemata, metto la testa accanto alla sua e seppellisco il viso tra i suoi capelli. Profuma di mele appena tagliate e di casa. È la cosa più meravigliosa che abbia mai annusato in vita mia e, mentre mi addormento, posso sentire il sorriso sul mio viso.

Lei è la mia casa.

Capitolo 5

Nehemie

Mi sciolgo nel suo abbraccio, amo la sensazione di avere le sue braccia intorno a me. Mi sento amato. Anche se non è reale, lo assorbirò ancora per un po'. Non riesco a ricordare l'ultima volta che sono stato coccolato. Da bambino forse? Una serie di sentimenti mi attraversano al pensiero. Io e mia mamma ci amavamo, ma lei non era molto affettuosa.

Inspiro il suo profumo mentre si strofina ancora un po' contro di me, con le labbra contro il mio collo. Ha ancora l'odore del sole, ma questa volta ha un accenno di sapone. Non dovrei sorprendermi che dirgli di dormire sul divano non funzionerebbe. Non sembrava il tipo di uomo a cui si potesse dire cosa fare. Ha fatto il racconto e tutti sono saltati. Scommetto che anche da ragazzino probabilmente mantenne la sua posizione. L'immagine mi aleggia nella mente. Immagino un ragazzino dai capelli scuri che indossa un cappello da cowboy un po' troppo grande per lui, ma ha ancora quell'espressione imponente sul viso. ImmaginoHolsen potrebbe fermare un toro sul suo cammino.

Non so se dovrei irritarmi perché si è messo a letto con me, ma questa è casa sua e ci sposeremo. Beh, penso che lo siamo comunque. Non mi aveva inseguito la notte scorsa, né aveva respinto il mio commento sul fatto che avesse scelto una sposa più di suo gradimento. Anche se al momento sembra che gli piaccia molto. L'uomo deve ancora presentarsi a me adeguatamente, ma sembra che non riesca a togliermi le mani di dosso.

In questo momento mi tiene rinchiuso stretto. Ci vorranno alcune manovre serie per liberarsi senza svegliarlo. Continuo a ripetermi di alzarmi dal letto, di iniziare a fare colazione prima che si alzino tutti gli altri, ma sono qui, con la voglia di continuare a respirarlo.

Quando finalmente vedo un filo di luce sbirciare attraverso la finestra, mi svelo lentamente dalle sue braccia finché non riesco a scivolare libera e scendere dal letto. Mi giro a guardarlo, ma la stanza è ancora troppo buia per vederlo bene. Avvicinandomi in punta di piedi alla porta, prendo la borsa dal pavimento prima di chiudere la porta dietro di me il più silenziosamente possibile. Scelgo di usare ancora una volta il bagno nel corridoio per evitare di svegliarmiHolsen.

Faccio un lavoro veloce sotto la doccia. Volo attraverso la mia routine mattutina e mi infilo i pantaloncini di jeans e una maglietta bianca. Voglio finire il più velocemente possibile. Mi sento già indietro, sapendo che gli uomini verranno a prendere la colazione da un momento all'altro. Non voglio iniziare male con tutti qui. Mi sento già un po' in imbarazzo per aver scattato davanti a tutti loro.

Quando arrivo in cucina, inizio a tirare fuori tutto per preparare le uova, il bacon e un po' di pane tostato. È davvero l'unica opzione con quello che ho qui. Dovrò davvero andare in città oggi e prendere qualcosa da mangiare. Se voglio fare scorta per un'intera settimana, dovrò prendere un camion. ForseHolsen mi permetterà di portare uno degli uomini con me per aiutarmi.

Giro la pancetta ma alzo lo sguardo quando sento il suono, come se qualcuno corresse verso la porta principale, seguito da una serie di imprecazioni. Poi un colpo leggero. Quando apro la serratura e apro la porta, vedo Brandon, lo stesso uomo che è venuto ieri a prendere il kit di pronto soccorso. Si sta massaggiando la testa, il cappello da cowboy in mano. Sulla sua fronte si sta già formando una macchia rossa. Smette di strofinare la parte, la sua mano va sui capelli come se stesse cercando di sistemarli. È chiaro che stamattina non ha fatto nulla e si è semplicemente messo un cappello da cowboy. I capelli arruffati biondo sporco sembrano ancora belli. Quasi come quello sguardo disordinato che vedi provare a fare gli uomini sulle riviste, ma non credo che sia quello che sta cercando.

"Non sono abituato a vedere la porta chiusa a chiave." I suoi occhi castani si increspano ai bordi come se stesse ancora cercando di orientarsi.

"Scusa. Non è normale?" chiedo, aprendo maggiormente la porta per farlo entrare.

"No, ma penso che molte cose non saranno più normali." Mi sorride e si dirige dritto verso il tavolo della sala da pranzo dove ho già posato il primo giro di cibo.

"Perché? Non sei abituato ad avere una donna in casa?» Il mio stomaco si stringe alle mie stesse parole, rendendomi conto di quello che ho appena detto. Non so se ci fossero donne in questa casa prima di me. Diavolo, per quanto ne so, Holsen avrebbe potuto essere sposato e divorziato o avere una serie di donne che andavano e venivano.

"Bene, quello e," Brandon lancia un'occhiata all'orologio sul muro, "il capo è ancora a letto, immagino?"

Mi giro, tornando ai fornelli, sapendo che probabilmente tutta la mia faccia è rosso ciliegia. So cosa sta pensando. Quello che pensano tutti. Non dovrei essere imbarazzato. Quell'uomo diventerà mio marito. Ovviamente condividevamo il letto e la gente dava per scontato che avessimo fatto tutto ciò che ne conseguiva.

"Sì, lo è", rispondo, dandogli le spalle mentre inizio a togliere la pancetta dal fuoco e a metterla su un piatto, aggiungendo un altro giro nella padella.

"Di solito è il primo ad arrivare." Mi giro e vedo Brandon in cucina, che prende la caffettiera e la porta al tavolo.

Altri uomini cominciano a entrare in casa, preparando piatti e mangiando. Continuo a cucinare e ad aggiungere ai piatti sul tavolo. Sembra che li mangino il più velocemente possibile. Prendo un piatto in più e ne preparo unoHolsen per ogni evenienza, perché sto per rimanere senza cose da cucinare per loro.

"MancareNehemie, devi essere il dono di Dio per il ranch", dice Kent, uno degli uomini, mentre si massaggia la pancia, facendomi ridacchiare.

"Sig.ra.Mirtillo." Sbircio oltre la mia spalla per vedereHolsen in piedi in cucina, con gli occhi puntati su Kent prima di venire da me.

Sento il respiro congelarmi nei polmoni. Indossa un paio di pantaloni di flanella e nient'altro. I pantaloni cadono bassi, mettendo in mostra la sua V perfetta, una linea di capelli scuri che scende lungo l'ombelico.

Quando inizia a muoversi verso di me, non riesco ancora a convincermi a muovermi. Poi è su di me, la sua bocca si posa sulla mia. Rimango immobile finché non sento la sua lingua leccarmi la cucitura della bocca e gli apro. Il mio corpo fa quello che comanda. Una delle sue mani si insinua tra i miei capelli ancora umidi, l'altra mi afferra la mano, intrecciando le sue dita con le mie.

Mi sciolgo in lui, le mie palpebre si chiudono. Il suo bacio è intenso quanto lui. Non ho idea di cosa sto facendo mentre mi divora la bocca come se stesse morendo di fame. Quando sento che mi si schiarisce la gola, faccio un salto indietro, avendo completamente dimenticato che siamo in una stanza piena di gente, ma quando guardo il tavolo della sala da pranzo è vuoto e solo Earl è lì a mangiare un pezzo di bacon. Abbiamo ripulito la stanza. È come se una cosa imbarazzante dopo l'altra da queste parti.

"Non posso credere che tu l'abbia fatto", dico, portandomi la mano alla bocca. La mia voce è tutta sussurrata.

"Cosa, hai baciato mia moglie?" Mi guarda come se fossi pazzo. Questo è normale. Come se ci baciassimo da sempre. Che questo non è stato il mio primo bacio in assoluto.

"Prima di tutto, non sono tua moglie." Faccio un passo verso di lui, indicandolo. Un mezzo sorriso si forma sul suo volto, come se pensasse che sia carino che mi stia alzando tutta in faccia.

"Ancora", aggiunge, ma io lo ignoro.

"In secondo luogo, a partire da ieri sera questa cosa non era del tutto attiva." Faccio un cenno tra di noi. Poi mi fermo quando vedo un anello al dito.

È sorprendente. Al centro si trova un grande diamante circolare, circondato da diamanti più piccoli in un alone. Sembra antico.

«Era di mia madre.» Alza le spalle come se non fosse un grosso problema.

"Non posso sopportarlo." Faccio per farlo, ma lui mi afferra il polso per fermarmi.

"Lo indosserai", dice, usando con me lo stesso tono con cui usa i suoi uomini.

"Non mi sembra giusto", cerco di protestare. Questo è l'anello di sua madre. È qualcosa che sono sicuro sia stato dato con amore. La sera prima avevo visto una foto di sua madre e suo padre nella sua camera da letto. Sapevo che erano loro.Holsen ha un mix di entrambi in lui. Sua madre aveva i capelli scuri e gli occhi grigi, ma lui ha la corporatura di suo padre. L'espressione sul volto di suo padre mentre guardava dall'altoHolsenLa sua mamma era piena di così tanto amore. Era così bello e faceva male da guardare. Volevo un matrimonio così.

"Sarai mia moglie." Lui respinge.

"Non è lo stesso."

"Lo indosserai e sarà definitivo." Le sue parole sono dure. È chiaramente turbato dal fatto che io stia spingendo contro di lui, ma poi mi bacia il palmo della mano prima di lasciarmi il polso. L'azione è così morbida e dolce. Non corrisponde alle sue dure parole.

Io annuisco e basta. È inutile litigare con lui. Sono qui per sposarlo, e se questo è l'anello che vuole che indossi, immagino che lo indosserò. Sembra semplicemente sbagliato. Come se lo stessi contaminando. So che questo matrimonio probabilmente non durerà.

"E ti bacerò ogni volta che mi pare. Ancor di più per far notare ai miei uomini". Detto questo si gira, lasciandomi lì mentre si avvicina e inizia a mangiare il piatto che avevo lasciato sul bancone della cucina. È come se sapesse che l'ho fatto per lui.

Lancia un'occhiata al tavolo, poi al proprio piatto, fermandosi a metà del boccone.

"Tu mangi?"

Annuisco di nuovo e lui torna a mangiare il piatto di cibo. Mi scalda il fatto che fosse preoccupato di stare mangiando l'ultimo pezzo di colazione e voleva assicurarsi che avessi mangiato prima di finirla.

"Come vanno le cose?"Holsen chiede Earl.

"Un'altra recinzione è caduta e non riusciamo a trovare Sammy da nessuna parte."

Holsen lascia cadere la forchetta. "Mi stai prendendo in giro, cazzo."

"No. Qualcosa comincia a puzzare», aggiunge Earl, prendendo un sorso di caffè.

«Mi vesto e tra poco sarò fuori.»Holsen prende qualche altro boccone della sua colazione, poi si avvia lungo il corridoio. Lo seguo dietro, ma non prima di aver colto un altro occhiolino da parte di Earl.

"Devo andare in città a fare shopping", gli dico quando entro nella stanza. Lui si abbassa i pantaloni e io mi giro velocemente, dandogli le spalle. Lo sento ridacchiare.

«Ti porterò domani e anche allora otterremo la licenza di matrimonio. Avevo programmato oggi, ma sembra che ho un altro pasticcio da sistemare."

Voglio protestare, ma so che ha già abbastanza da fare. "Okay", è tutto ciò che dico mentre esco dalla stanza, tornando in cucina per pulire.

"Anche il suo caffè è meraviglioso, signora. C'è qualcosa che non puoi fare?" dice Earl, versandosi un'altra tazza.

"Bene, è tutto quello che ho finché non riesco ad andare al negozio", gli dico mentre un pensiero mi colpisce. «Se qualcuno dei tuoi uomini non è troppo occupato, pensi che potrebbero portarmi in città? Mi piacerebbe toglierlo di mezzo e non preoccuparmiHolsen con esso. Posso dire che è molto occupato e non ha bisogno di passare ore in città a fare provviste."

"Penso di poterlo fare. Manderò indietro Brandon a prenderti. Vai a prendere qualcosa di meschinoHolsen fuori daHolsenl'ufficio di. Cassetto inferiore della sua scrivania in una scatola di metallo. Prendi quello che ti serve. Abbiamo finito l'imbarazzo e ci piacerebbe tornare a casa per una cena come quella di ieri sera".

"Grazie. Mi assicurerò di metterti da parte qualcosa di speciale per il dessert stasera."

"Non vedo l'ora di farlo tutto il giorno."

Solo alloraHolsen ritorna nella stanza, venendo dritto verso di me e lanciandomi un altro di quei baci, lasciandomi senza fiato.

"Chiudi la porta."

Detto questo, se n'è andato. Ha davvero bisogno di imparare le buone maniere, o forse mi piace senza di loro.

Capitolo 6

Holsen

Togliendo un po' di polvere dai jeans, cammino verso la grande casa, pensando a come sia semplicemente troppo una coincidenza che accada due giorni di seguito. Ogni tanto vedo che una recinzione si rompe, ma due recinzioni, una dopo l'altra, e qualcosa comincia a puzzare di pesce. Non siamo ancora riusciti a trovare il nostro toro migliore, Sammy, e i conti non quadrano. Ho intenzione di chiamare la fattoria Johnson per vedere se lo hanno individuato. Sono una fattoria rivale proprio accanto alla nostra e normalmente non siamo i migliori a comunicare, ma devo provare di tutto.

La mia mente torna aNehemie come ha fatto tutta la mattina. Non riesco a passare più di trenta secondi senza pensare a lei, ma non mi dispiace. È fonte di distrazione, ma per la prima volta nella mia vita, lo accolgo con favore. Ho dedicato tutto il giorno, tutti i giorni, a questa fattoria e, per una volta, prendo qualcosa per me. Qualcosa che può far parte di questa vita.

Avevo comprato un semplice cinturino d'oro per la mia sposa ordinata per corrispondenza pensando di mantenere le cose semplici. Ma una volta ho vistoNehemie e ho sentito cosa stava succedendo tra noi, sapevo che era speciale. Sapevo che meritava qualcosa di prezioso quanto lei, quindi è stato allora che ho capito che volevo che avesse l'anello di mia madre. Mia mamma ha detto in diverse occasioni che il suo anello non aveva un posto in una fattoria e non era davvero il tipo di cosa che qualcuno indossava mentre cucinava e puliva come faceva lei. Eppure non l'ho mai vista toglierselo. Quell'anello può essere sembrato sciocco ad alcune persone a causa della vita semplice che conducevamo, ma era bellissimo e mio padre voleva che lei lo avesse. Adesso capisco cosa significa. Volere qualcosa che rifletta la bellezza della donna che lo indossa. Qualcosa che tutti potessero vedere. Non mancava niente, era una donna presa con quello al dito.

Quando mi sono svegliato eNehemie non era a letto, mi ero armeggiato per un secondo rendendomi conto di aver dormito fino a tardi, cosa che non avevo mai fatto in vita mia. Molto tempo fa ho smesso di impostare la sveglia perché potevo quasi impostare un orologio per svegliarmi. Immagino che sia stato il potere di averla tra le mie braccia e di avere la migliore notte di sonno che abbia mai avuto. Mi sono messa i pantaloni e sono andata al mio comò, prendendo l'anello. Lo volevo su di lei e volevo che tutti vedessero che era su di lei. Avevo bisogno di contrassegnarla come mia perché non lo era assolutamente.

Salgo sulla veranda ed entro, andando direttamente in cucina. Non si vedeNehemie, quindi vado in camera da letto, sperando di trovarla qui. Voglio solo vederla per un secondo prima di dover tornare al lavoro. Forse ha tempo per un bacio veloce. O forse un bacio non così veloce.

"Nehemie?" Continuo a ripeterlo mentre cammino per casa senza riuscire a trovarla. Quando inizio a farmi prendere dal panico, corro fuori in veranda e vedo Earl che si avvicina alla grande casa. "Non riesco a trovareNehemie." Posso sentire il panico nella mia voce. E se avesse cambiato idea? Potrebbe essere scomparsa da tempo.

"Calmarsi,Holsen. L'ho mandata in città sul camion con Brandon.

Le parole di Earl mi calmano per un momento prima di penetrare completamente. "Hai fatto cosa?" L'ultima parola risuona intorno a noi e alcuni dei ragazzi che sono a portata di udito interrompono quello che stanno facendo e guardano.

"Ha detto che aveva bisogno di provviste e che non voleva disturbarti. Non preoccuparti. Le ho detto di diventare meschinaHolsen."

Tornando a casa, entro e prendo le chiavi prima di voltarmi e dirigermi verso il mio camion a lato della casa.

"Calmati,Holsen. Sta solo andando a fare la spesa."

Earl mi guarda come se fossi pazzo, ma io stringo i denti e salgo, accendo il camion e parto. Sono così furioso che mi sorprende che il vapore non mi esca dalle orecchie.

Non può andare in città così. E se se ne va e non torna? È andata con Brandon. È uno dei ragazzi più giovani della fattoria. E se provasse a fare una mossa? Colpisco il volante mentre accelero, pensando che potrei prendermi a calci per non averla sposata ieri come avrei dovuto. Tutto questo finisce oggi. Non corro più rischi quando si tratta diNehemie. Lei è mia e sicuramente rimarrà così.

Quando finalmente arrivo in città, non sono sicuro da dove dovrei iniziare prima. Penso che forse dovrei andare alla stazione dei treni, ma se Earl avesse ragione, forse sto semplicemente esagerando. Mi dirigo verso il negozio di alimentari e vedo il camion della fattoria davanti. Vedo Brandon che ne carica il retro comeNehemie esce dal negozio. Mi giro e le ruote si fermano appena prima che scendo dal camion e vado da lei.

"Cosa pensi di star facendo?" chiedo, e per qualche motivo sembro senza fiato. Ho corso per tutta la strada?

"Holsen. Cosa c'è che non va?"Nehemie chiede, guardandosi attorno come se non riuscisse a vedere il problema proprio di fronte a lei.

"Devi andare in città, ti porto io." Allungando la mano, la prendo per il braccio e mi avvicino al punto in cui si trova Brandon. "Hai quello che ti serve?"

Lei mi guarda e la vedo che inizia ad arrabbiarsi. "Sì", mi risponde seccamente e non posso fare a meno di sorridere. Adoro quando quel fuoco si accende nei suoi occhi. Di solito non accetto molto volentieri che mi si risponda. Io do ordini e tutti seguono. Non riesco a capire perché mi piace quando lo fa.

All'improvviso sorride dolcemente, ma si gira e guarda Brandon. "Grazie mille per l'aiuto, B. Lo apprezzo davvero tutto." Le sue parole sono zuccherose e voglio allungare la mano e afferrarle in modo che non le capisca. Parole del genere sono rivolte solo a me.

"Brandon." Faccio un uso esagerato del suo nome mentre guardoNehemie. "Riporta il camion alla fattoria e chiedi ai ragazzi di aiutarti a scaricarlo. Grazie per aver portato mia moglie in città. L'ho preso da qui."

"Sì, signore", dice e fa i suoi affari come se nulla fosse anormale qui.

PrendendoNehemie per il braccio, la conduco al lato del conducente del mio camion e apro la portiera, senza perdere di vista alcuni cittadini che guardano cosa sta succedendo. Probabilmente si sta chiedendo cosa sta succedendo. I pettegolezzi inizieranno sicuramente a diffondersi.

"Non sono ancora tua moglie", dice sottovoce, ma abbastanza forte da permettermi di sentirla.

"Oh, fidati di me, tesoro. Sto per cambiare la situazione.

La prendo per la vita, la prendo in braccio e la metto sulla panca e poi mi tiro dietro di lei. Lei si sposta fino al lato del passeggero, ma io allungo la mano, le afferro la coscia e la faccio scivolare indietro in modo che sia proprio accanto a me.

"Sei un vecchio bruto, lo sai,Holsen? Non puoi semplicemente maneggiare qualcosa quando non fa quello che vuoi,"Nehemie sbuffa e incrocia le braccia sul petto.

"Quando è mio, lo faccio."

Inserisco la marcia e ci porto al municipio. Sono pronto a occuparmi di questa piccola questione. Una volta che ci fermiamo, la sento tesa accanto a me.

"Holsen, non ho nemmeno indossato un vestito!"

Rido delle sue parole, pensando che sia più preoccupata del suo aspetto che del fatto che sta per sposarmi. Mi piace. Non voglio che cambi idea.

«Temo che non possa succedere oggi, tesoro. Secondo lo stato del Texas possiamo ottenere la licenza di matrimonio, ma dobbiamo aspettare tre giorni. Quindi cominciamo e venerdì potremo tornare qui e tu potrai indossare un vestito.

Abbasso lo sguardo e la vedo mordersi il labbro come se ci stesse pensando. Le afferro il mento e le giro la testa in modo che mi guardi.

"Vuoi ancora sposarmi, vero?" Fisso i suoi luminosi occhi azzurri, spaventato da ciò che potrebbe dire. Non sono abituato a questa sensazione.

Lei annuisce, facendo rimbalzare i suoi riccioli dorati, e io non ce la faccio più. Devo metterle la bocca addosso. Avvicinando le mie labbra alle sue, il calore delle sue labbra morbide mi fa gemere. Sento la sua piccola lingua entrare nella mia bocca e la sua dolcezza mi riempie. All'improvviso le nostre mani esplorano ed è come se non potessimo avvicinarci abbastanza. La sto attirando a me mentre lei si arrampica sul mio corpo e all'improvviso si trova a cavalcioni su di me nella cabina del mio camion. Sento la sua figa coperta di jeans che inizia a strusciarmi contro, e interrompo il bacio per guardarla. Le mie mani vanno sui suoi fianchi per tenerla ferma mentre mi guardo intorno e vedo alcune persone che passano.

"Non qui,Nehemie. Non voglio che la gente ti veda andare così, tesoro.

Le mie parole sembrano risvegliarla dalla sua nebbia piena di lussuria e le sue guance bruciano di imbarazzo. Quando cerca di staccarsi dalle mie ginocchia, la stringo più forte in modo che non possa andare.

«Non ancora, tesoro. Lascia che ti goda solo per un altro secondo."

Sfioro il viso sul suo collo e sento il suo dolce profumo di mela. Mi avvolge con le mani e le sue dita afferrano i capelli corti dietro la mia testa. Il mio Stetson è caduto durante la nostra pomiciata.

"Mi perdo quando mi baci", sussurra.

Facendo scorrere le mani su e giù per la sua schiena, sorrido contro la sua pelle. "Meno male che sarò qui a trovarti quando sarà finita. Ora vieni dentro e rendiamolo legale".

Apro la portiera, scendo e mi sistemo discretamente prima di aiutarla a scendere dal camion.

Non ci vuole molto tempo per compilare i nostri documenti e quindi ottenere il modulo. Tutto ciò che serve è la prova che siamo chi diciamo di essere, e poi dobbiamo aspettare tre giorni. ho guardatoNehemie ha compilato il modulo affermando che non era mai stata sposata prima e mi ha fatto sorridere. Mi piace sapere che non l'ha mai fatto prima, perché sicuramente non lo farà più.

Quando saliamo sul camion per tornare alla fattoria, lei cerca di sedersi di nuovo sul lato del passeggero, ma ancora una volta le afferro la coscia e la faccio scivolare accanto a me il più vicino possibile. Diavolo, cavalcherei con lei in grembo se potessi, ma sarei troppo occupato a sentire le sue curve rimbalzare su di me che probabilmente ci finirei in un fosso.

"Che fattoria è quella?" chiede mentre percorriamo una strada vicino a casa.

«Quello è il ranch Johnson. Recentemente hanno avuto un problema con i prezzi del bestiame nel loro ranch e il proprietario ha cercato di abbassarmi i prezzi sui vitelli. Gli ho detto che può comprare da me, ma solo a prezzi equi. Ho paura che il tizio a cui hanno lasciato subentrare li metterà nei guai."

"Quello che è successo?"

"La famiglia proprietaria della fattoria voleva vendere ma non riusciva a ottenere i soldi che voleva. Quindi, invece di aspettare, hanno portato qualcuno a gestire il posto, e penso che potrebbe cercare di ingannarli.

"Oh, è terribile"Nehemie dice, e sento la preoccupazione nella sua voce.

«Oggi devo comunque chiamare e parlare con il proprietario per vedere se hanno visto Sammy. Potrebbe essere necessario controllare e assicurarsi che tenga d'occhio il posto."

"Chi è Sammy?"

"Il nostro miglior toro. Ha prodotto più vitelli in questa fattoria di quanto probabilmente sia disposto ad ammettere. Forse si è semplicemente allontanato in cerca di amore. Guardo in bassoNehemie e farle l'occhiolino. "Non posso davvero biasimarlo. Penso di sapere come si sente.

Le sue guance bruciano, distoglie lo sguardo da me e incrocia le braccia. "O si? Andrà in giro per tutte le fattorie vicine, saltando da un letto all'altro? Sembra terribile, secondo me.

Non posso fare a meno di ridere delle sue parole. "No tesoro, non credo che entrerà nel letto di nessuno. E volevo dire che so cosa prova per il modo in cui ti ho inseguito in città oggi. Sospetto che ti seguirei fino alla fine della terra se ciò significasse avvicinarmi a te.

Le sue braccia si sciolgono e io le prendo la mano nella mia, portandola alle labbra. Le bacio il dorso della mano. Tutto in lei è morbido. Non è davvero fatta per la vita in fattoria. Dovrò tenerla d'occhio.

Quel rossore le colpisce di nuovo le guance, facendomi male ancora di più. Ci vorranno tre lunghi giorni prima che io possa farla mia.

Capitolo 7

Nehemie

Non riesco a smettere di guardareHolsen mentre ci riporta alla fattoria. Ogni volta che provo a sbirciare, giuro che trattiene un sorriso. Una delle fossette sotto la corta barba lo tradisce.

Quest'uomo è così confuso. O meglio, quello che ho imparato di lui nelle ultime ventiquattr'ore è confuso. Può passare dall'abbaiare ordini al comportarsi dolcemente come una torta di pesche. Voglio dargli uno schiaffo perché è un bruto, poi sciogliermi in uno di quei baci che continua a darmi. Mi sta dando fastidio. Non sono nemmeno sicuro che mi piaccia. Menzogna. Scuoto la testa. O forse non è una bugia. Mi piace più che quest'uomo.

Forse tutta questa faccenda della sposa per corrispondenza non sarà poi così brutta, dopo tutto. Ero preoccupato per chi mi avrebbe legato. Non avrei mai pensato di dovermi preoccupare di perdere il mio cuore per qualcuno. Avevo messo da parte i pensieri romantici, ma ora iniziano a riemergere ogni voltaHolsen mi tocca.

Passo da pazzo a un mucchio di sostanza appiccicosa che vuole arrampicarsi sul suo corpo gigante. Non mi sono mai comportata così in vita mia con un uomo. Fa lavare via la mia rabbia, trasformandola in lussuria. Mi chiedo fino a che punto mi sarei spinto seHolsen me lo aveva permesso. Era stato lui a riportarci indietro.

"Voglio che tu stia lontano da Brandon."Holsen ritorna facilmente al suo tono autoritario, tirandomi fuori dai miei pensieri.

Alzo gli occhi di scatto verso di lui. Mi piace Brandon. Lui è carino. Lui ed Earl sono davvero le uniche persone che conosco qui.

"Trascorrerò del tempo con chi scelgo", ribatto

"Non spingerlo,Nehemie." I suoi occhi si stringono nei miei come per avvisarmi prima di concentrarsi sulla strada. Sarei venuto qui con l'intenzione di comportarmi bene. Sii una moglie affettuosa, cerca solo di cavartela per un po', ma per qualche motivo conHolsen Non posso impedirmi di respingere.

Poi un pensiero mi colpisce, uno che mi scalda nel profondo dello stomaco, ricordandomi le cose che mi ha lanciato quando si è imbattuto in me e Brandon in città. Il mio, aveva detto. Anche allora avevo provato quella sensazione di calore. "Sei geloso?" Alzo le sopracciglia quasi incredula.

"Diavolo sì, sono geloso, quindi se fossi in te, starei alla larga da lui." Guardo le sue dita stringersi sul volante, le nocche che iniziano a diventare bianche.

"Sei ridicolo,Holsen." Alzo la mano, mostrandogli il mio anello. Lo stesso anello che mi aveva messo ore fa. La cosa è imperdibile. "È chiaro come il giorno in cui mi hanno preso. Inoltre, non ti farei mai una cosa del genere. So che non ci conosciamo bene, ma non è comunque giusto che non si fidi di me. Cavolo, sono una dannata vergine. Non è che salto di letto in letto, ma lui non lo sa. Nessuno di noi ha parlato molto del nostro passato.

"Non sono preoccupato per te", taglia, mantenendo la presa mortale sul volante, mentre la casa appare in lontananza.

"Oh, quindi non ti fidi dei tuoi uomini?" Mi chiedo. Non sembra che manterrebbe uomini nella sua terra di cui non si fidava.

"Non mi fido nemmeno di me stesso con te." Mi guarda di nuovo, i suoi occhi percorrono il mio corpo. Posso quasi sentirli come un tocco sulla mia pelle mentre il suo sguardo vaga lungo le mie gambe.

"Sembravi che avessi il controllo nel parcheggio", gli ricordo.

"Solo perché pensare a chiunque ti vedesse eccitato, mentre muovevi quel dolce corpicino sul cazzo di tuo marito, guardando le tue gambe aprirsi così facilmente solo per me come erano state fatte per fare, mi ha tormentato più del bisogno di spogliarti e vaffanculo proprio lì nel mio camion.

La mia bocca si spalanca alle sue parole crude e il mio corpo torna in vita come in quel parcheggio.

"Nessuno vede quella merda. Per quanto li riguarda, tu passi le giornate a cucinare e a cucire, e noi siamo così all'antica che dormiamo in letti matrimoniali".

"Con quella bocca, i letti matrimoniali diventeranno presto una realtà."

"Potresti provarci, ma ho visto quanto velocemente il tuo corpo ha ceduto a me. Ho dovuto toglierti di dosso." Lo dice come se fosse un dolce promemoria.

"Oh, tu..." balbetto, incapace di pensare a cosa dovrei dire. Scelgo di dargli semplicemente un colpetto sul braccio, cosa che lo fa solo sorridere ampiamente, facendomi incazzare. Anch'io lo voglio arrabbiato. Oppure sono acceso? Gr. Non conosco l'alto o il basso con quest'uomo.

"Comunque, come stavo dicendo, uscirò con chi mi pare." Mi giro a guardare fuori dal finestrino, felice di essere quasi scesi insieme dal camion. È come se tutto ciò che potessimo fare fosse baciarci o litigare.

"Bene allora."

Giro la testa per guardarlo con sospetto. E' stata una concessione troppo facile.

"Bene?"

"Sì, buona fortuna per viaggiare ovunque potrebbe essere il suo nuovo posto di lavoro."

"Non lo faresti!"

Il camion si ferma davanti alla casa. "Oh, quando si tratta di te, non credo che ci sia molto che non farei. Come ti ho detto, sei mio.

"Bruto", gli dico per la milionesima volta oggi.

Si sporge verso di me e so cosa sta succedendo. Mi metto una mano sulla bocca e corro verso l'altro lato del camion. Non avrebbe più usato quel trucco con me. Getta indietro la testa e ride forte. La sua risata è profonda e ricca, e devo stringere i denti per trattenermi dal sorridere.

"Sei irragionevole." Afferro la maniglia della porta, ma mi fermo quandoHolsenla sua mano si posa sulla mia coscia.

"So che sei arrabbiato, tesoro, ma lascia che ti aiuti."

"Posso scendere da un camion da solo, Holsen."

"No, aspetterai che ti aiuti e hai appena dimostrato il mio punto."

"Che senso aveva? Che pensi che io sia un bambino?"

"Non c'è niente di infantile in te." La mano sulla mia coscia scivola un po' più in alto, il suo pollice esegue piccoli cerchi, facendomi venire la pelle d'oca anche in questo caldo pazzesco del Texas. "Che anche se te lo chiedo gentilmente, continuerai a combattermi, quindi potrei anche malmenarti."

Ed è quello che fa mentre mi tira giù dal camion e poi mi mette sulle sue spalle.

"Non che non mi piaccia farlo. Continua a combattermi. Mi piace prenderti in braccio e metterti dove voglio".

Mi dimeno nella sua presa come se stessi cercando di liberarmi, sono felice che non possa vedere la mia faccia e lo stupido sorriso che sto sfoggiando quando dovrei urlargli contro per un elenco di cose.

"Holsen?"

Il suono di una dolce voce femminile ferma i miei movimenti.

"Miss June", sento Holsen dire, fermandosi sui suoi passi. Mi scosto alcuni capelli dal viso e provo a vedere da dove viene la voce. È allora che vedo una ragazza che sembra qualche anno più grande di me in piedi sulla veranda. Non ho idea di quanto mi sia mancata quando ci siamo fermati. Forse veniva da casa o qualcosa del genere.

I suoi occhi vanno verso di me, cogliendomi mentre la guardo di soppiatto. Si restringono per un lampo, così velocemente che non sono nemmeno sicuro che sia successo. Ma una cosa è chiara. Sta piangendo. I suoi occhi sono un po' rossi, ma il trucco che ha applicato le sembra ancora buono.

Tutto in lei è messo insieme. Sembra la ragazza di campagna della porta accanto. Stivali da cowboy rosa portano su gambe che sembrano andare avanti per giorni, terminando con un paio di pantaloncini corti di jeans. Non sarei sorpreso se si girasse e potessi vedere le sue natiche.

Anche con le gambe lunghe e toniche, ha fianchi e busto. Alcune donne hanno tutta la fortuna. Avevo delle curve prima, ma niente come le ha lei.

"EHI, Holsen, Mi chiedevo se potessimo parlare per un minuto. Lei tira su col naso di nuovo e un senso di colpa mi attraversa. Qualcosa è chiaramente sbagliato. "Da solo", aggiunge.

"Sono impegnato con mia moglie in questo momento", è tutto ciò che dice, congedandola chiaramente.

"Holsen, sta piangendo", sussurro piano in modo che solo lui possa sentirmi.

Emette semplicemente uno sbuffo irritato come se non gliene potesse importare di meno.

"Non essere un idiota." Questa volta non è un sussurro. Mi stacca dalla sua spalla, facendomi scivolare lungo il suo corpo. I suoi occhi si fissano sui miei. Lui allunga una mano e mi toglie qualche ricciolo dal viso. L'atto è così gentile, così incongruo da parte di un Hulk come lui. Mi perdo in lui per un minuto, quasi dimenticando che c'è una donna dietro di me che ci guarda.

"Io sonoNehemie", dico, voltandomi verso di lei. Vado verso il portico per stringerle la mano, maHolsenle sue mani vanno alla mia vita per tenermi in posizione. Alzo gli occhi al cielo.

«Non preoccuparti di lui. Gli sto ancora insegnando le buone maniere. Provo a scherzare per alleggerire la situazione. Poi gli occhi di June diventano un po' più freddi, facendomi domandare se avevo sbagliato a pensare che stesse piangendo. Sono nel mezzo di un battibecco tra innamorati?

Questo mi fa gelare il sangue. È meravigliosa ed è difficile non paragonarmi a lei. Mi chiedo se è il suo tipo. Se sono usciti insieme prima. Siamo entrambi biondi, ma è qui che finiscono le somiglianze fisiche.

Anche con le sue curve, sembra ancora costruita per la vita in fattoria. Potrei soffiare con un buon vento.

"Mi chiamo June Johnson, ma tutti mi chiamano JJ, non è vero?Holsen?" dice infine, con un dolce sorriso che scioglie il freddo che avevo visto pochi istanti prima. Esce dal portico, allunga la mano e mi stringe la mano.

sentoHolsen basta alzare le spalle. La sua indifferenza non potrebbe essere più chiara.

"Di cosa hai bisogno, June?" Il suo tono è piatto.

"Tua mamma si rivolterebbe nella tomba se ti sentisse parlare in quel modo con una signora." È allora che scatta. Johnson. La fattoria accantoHolsen'S. Quello di cui mi aveva appena parlato. Questi due probabilmente sono cresciuti insieme. Un montaggio di giovani, dolci, primi amori mi attraversa la mente: primi baci, balli e altre cose a cui non voglio pensare.Holsen sarà il mio primo tutto, e odio pensare che questa donna di fronte a me sia il suo primo tutto. La detesto subito per qualcosa che non è nemmeno colpa sua, ma non riesco proprio a trattenermi. Ne sto assaggiando gelosamente un assaggioHolsen mi sentivo pochi minuti fa. Wow, il karma funziona sicuramente velocemente.

"Sì, probabilmente si rivolterebbe nella tomba se non avessi portato la mia donna in casa, fuori da questo caldo, e non le avessi dato da mangiare. Scommetto che non hai nemmeno pranzato, vero?" Dice l'ultima parte a bassa voce e vicino al mio orecchio, la sua preoccupazione per me è chiara.

"Io..." Non riesco nemmeno a pensare a cosa dire qui. Sono troppo occupato a cercare di capire cosa sta succedendoHolsen e giugno. "Perché non entro e ci preparo qualche panino mentre tu parli con June?" Io offro.

"Non sono sicuro che ci sia molto di cui parlare. June, se tuo padre ha bisogno di qualcosa può chiamarmi. Avevo comunque programmato di chiamarlo stasera per sapere che Sammy usciva."

"Perchè ti stai comportano così?" sbuffa, formando un piccolo broncio sulle sue labbra lucide. Non voglio davvero essere qui per questo. Mi piacerebbe dirle di fare un passo indietro e di stare lontana da mio marito, ma la verità è che non voglioHolsen provare sentimenti per un'altra donna. Sarebbe meglio capirlo adesso, prima di sprofondare più profondamente in lui.

Non voglio che qualcosa del genere rimanga nella mia testa, tanto meno se lei vivrà proprio accanto. Sarebbe sempre nella mia mente. Sarebbe già un po' persistente se quello che penso su di loro fosse vero.

"Non mi comporto come niente. È solo che non ho tempo per i tuoi giochini oggi. Non ci sto giocando. Non ci ho mai giocato."

Le sue mani si posano sui fianchi, il broncio cade dalle sue labbra. "Non posso credere che la sposerai. Se volevi una moglie, sapevi che l'avrei fatto. Metti fine a questa piccola guerra che c'è stata tra le nostre famiglie. Riunisci la terra. Staremmo bene insieme. Perché non puoi semplicemente accettarlo?"

Cerco di tirarmi fuoriHolsenè fermo, disperato per non trovarsi in mezzo a loro, maHolsen mi stringe semplicemente più forte.

"Questa dannata città. Scommetto che l'inchiostro sulla licenza di matrimonio non si era nemmeno asciugato prima che tutti lo sapessero,"Holsen dice.

"Sì, perché nessuno può credere che tu stia facendo una cosa del genere. Stavamo solo aspettando che tu tirassi fuori la testa dal culo e me lo chiedessi."

"Mi sto sposandoNehemie vieni venerdì, quindi immagino che tu e questa città dovreste abituarvi." Il suo tono è ancora annoiato, come se in realtà non gli importasse se la città si abituasse oppure no. dubitoHolsen gli importa cosa pensano gli altri di lui. Non sembra il tipo a cui interessano queste cose.

"Quello è l'anello di tua mamma?" sussulta scioccata, facendo un passo verso di me come se volesse afferrarmi la mano, ma prima che possa farlo sono di nuovo finitaHolsenla spalla.

"Vai a casa, June, e non tornare senza un invito,"Holsen dice, dirigendosi verso la porta d'ingresso.

"Non farlo,Holsen. Non è fatta per questa vita", la sento urlare mentre la porta d'ingresso sbatte.

"Per favore, mettimi giù." Odio quanto suona piccola la mia voce. Non so cosa pensare di quello che è appena successo. Mi ha fatto un po' male, ma in un certo senso mi è piaciuto. Faceva male pensare che fosse stato con lei, che avessero condiviso qualcosa di speciale in quel momento. Conosceva perfino la sua famiglia. Ma mi è piaciuto comeHolsen ha chiarito che ero suo e che era definitivo.

Era così freddo con lei che mi ha fatto pensare che forse lei gli aveva fatto del male. Era chiaro che non voleva stare con lei. Lei si è offerta su un piatto d'argento, ma lui l'ha rifiutata come se niente fosse. È come se le emozioni delle ultime ventiquattr'ore mi opprimessero. Il loro peso mi fa venire voglia di crollare sul letto.

Potrebbe avere ragione. Non so se sono costruito per questa vita. Lo soHolsen non pensa che lo sia, considerando come mi tratta come se fossi fatto di vetro filato.

"Tesoro, non farlo." Sento lo scatto della serratura della porta d'ingresso, poi mi fa sdraiare sul divano e mi viene incontro. "Arrabbiati, ma non farlo con la tua voce."

"La mia voce?"

La sua testa è annidata nel mio collo come se stesse cercando di strofinarmi il naso, i suoi corti peli sul viso mi sfiorano la pelle. "Senza emozioni. Torna alla follia.

"Dovrei arrabbiarmi?"

"Sì", dice, poi mi posa un bacio sul collo.

Sento che mi si forma un nodo in gola. "Perché dovrei essere arrabbiato?"

"Nessuno dovrebbe mettere in dubbio il nostro matrimonio. Non sono affari loro, ma per te questa è la vita di una piccola città. Peggio ancora, non avrebbe dovuto dire quella merda davanti a te. Se la situazione fosse stata invertita, adesso sarei in prigione". Ringhia l'ultima parte come se fosse davvero arrabbiato per lo scenario immaginario di qualcuno che si offre di sposarmi.

"Holsen, Voglio vedere la tua faccia."

Con una mossa rapida,Holsen ci mette in posizione seduta, lui sotto di me mentre io gli sono a cavalcioni.

"Perché questo giugno non hai accettato la sua offerta di matrimonio invece di ottenere una sposa per corrispondenza? Deve averti davvero ferito perché tu abbia fatto una cosa del genere."

Le sue grandi mani si avvicinano al mio viso, il suo pollice mi sfiora le labbra, facendomelo leccare.

«No, tesoro, non mi ha mai fatto del male. Mi hai irritato a morte? SÌ." Emette un sospiro come se non volesse parlarne davvero. "Siamo cresciuti insieme. In un certo senso, ma non proprio. Non le ho prestato molta attenzione. Non ero una ragazza pazza crescendo. Più pazzo per i cavalli che altro. Se non ero a scuola o non aiutavo mio padre, ero a cavallo. Non ho dato molta importanza a niente. A una ragazza come June non piace molto.

"E quando sarai più grande?" Insisto, voglio saperne di più.

"Cercava ancora di attirare la mia attenzione. Ho sempre pensato che fosse perché ero indifferente nei suoi confronti. Più del suo ego voleva me che lei. Quando ho iniziato a pensare di trovare una ragazza tutta mia, volevo qualcosa come avevano avuto mia madre e mio padre. Poi sono passati".

Vedo il dolore attraversargli gli occhi. Mi chino in avanti, posando un bacio sulle sue labbra, desideroso di stargli più vicino.

"È stato veloce. Un incidente d'auto durante un viaggio. C'era molto da affrontare allora. Aggiungilo e ora avevo una fattoria da gestire. Persone che dipendono da me. Tutte le altre cose sono finite nella finestra."

"Perché ora?" Chiedo.

Mi porta una mano dietro la testa, attirandomi a sé e facendomi appoggiare la testa sulla sua spalla. Inizia a giocare con i miei capelli. La sensazione mi fa chiudere gli occhi.

"Tutto quello che faccio è lavorare. Ho questi uomini al mio fianco, ma questo non significa che non mi senta sola di notte. Vorrei ancora avere quello che avevano i miei genitori. Non pensavo di poterlo ottenere con una sposa ordinata per corrispondenza, ma volevo provarci. Sapevo sicuramente che non l'avrei fatto con June. Per non parlare del fatto che riesco a malapena a tollerare la sua voce. Abbaia sempre."

Sorrido, il sollievo inonda il mio corpo.

"Non l'hai mai nemmeno baciata?"

Lo sento ridacchiare.

"No, tesoro. Non l'ho nemmeno mai baciata. Devo dire che sento uomini lamentarsi delle donne gelose che li fanno impazzire, ma a me piace che tu diventi geloso di me.

"Non sono geloso", protesto mentre uno sbadiglio lascia la mia bocca.

"Mi assicurerò di starle lontano dato che non ti piace. Sembra la cosa giusta da fare."

Sbuffo, non perdendomi la possibilità che lui cogli un'altra occasione per ricordarmi che dovrei stare lontana da Brandon.

So una cosa per certo. Me ne assicurerò Holsen non è più così solo. So cosa si prova. Forse non sono tagliato per la vita in fattoria, ma questo è qualcosa che posso fare.

Capitolo 8

Holsen

A malincuore, me ne vadoNehemie in casa per, come ha detto lei, "organizzare la cucina", mentre io torno fuori e mi metto al lavoro. Ho fatto alcune telefonate prima di uscire di casa, guardandoNehemie dimenarsi per la cucina mentre lavorava per mettere via tutto ciò che aveva comprato al negozio. Dio, potrei sedermi e guardarla tutto il giorno, mentre il suo corpicino si muove in quel modo. Dovevo andare. Non potevo continuare a guardarla e non prenderla, quindi me ne sono andato, chiudendo la porta dietro di me.

Salgo sul mio cavallo e mi dirigo verso il lato ovest della fattoria per controllare come stanno alcuni ragazzi e dare una mano. Stanno marchiando parte del bestiame e voglio solo assicurarmi che vada tutto bene. Quando arrivo lì, vedo Earl sul suo cavallo e mi avvicino.

«Qualche segno di Sammy?»

"Non ancora. Hai parlato con la fattoria Johnson?» chiede Earl.

"Sì. Ho parlato con il loro nuovo caposquadra e ha detto che avrebbe tenuto d'occhio. Faccio un respiro profondo, scuoto la testa e guardo oltre la terra verde ondulata. "Non sono sicuro di fidarmi di lui. Il vecchio Johnson ha assunto un losco ragazzo per gestire il posto, e non sono così sicuro che questo nuovo ragazzo abbia a cuore i suoi migliori interessi. Comincio a sospettare che Sammy sia scomparso e che le recinzioni che crollano nello stesso momento siano un po' sospette."

«Temo che potresti avere ragione. Metterò alcuni ragazzi di guardia notturna. Vediamo se riusciamo a catturare chiunque sia quello che sta facendo questo.

Guardo Earl e annuisco. È un peccato che si sia dovuti arrivare a questo. Dopo tutti questi anni trascorsi a gestire questa fattoria, non è mai accaduta una cosa del genere. Invece di soffermarmi su questo, mi metto giù e aiuto i ragazzi, sapendo che prima lo faremo, più velocemente potremo andare a mangiare stasera. E prima potrò rimettere le mani sulla mia donna.

Camminiamo verso la grande casa e mi lavo con i ragazzi come al solito. Ma questa volta ho un sorriso sul viso e un'attesa che cresce nel mio cuore. Non ho mai avuto qualcosa di simile prima. Qualcosa da aspettarsi. Traggo soddisfazione da una dura giornata di lavoro e dalla cura della terra, ma avere qualcuno da cui tornare a casa alla fine ne vale la pena.

"Qualcosa sicuramente ha un buon odore. Sono felice che tu abbia portato la signora.Mirtillo qui fuori, capo. Mi stavo davvero stancando della cucina di Earl.

Ridiamo tutti mentre uno dei grandi ragazzi soprannominati Tiny si risciacqua e si dirige dentro. Faccio molta attenzione a pulire le mani e le unghie, voglio avere un bell'aspettoNehemie. Non ho mai sentito quel bisogno prima: voler avere un bell'aspetto per qualcuno. Ma mi ritrovo a dover impressionarla. Voglio che mi guardi e veda tutto ciò che vuole. Voglio entrare in una stanza e far sparire tutti per lei. Perché è quello che mi fa. Sta rapidamente diventando il centro del mio mondo e voglio essere lo stesso.

"Brandon è nella stalla con Fluffy. Penso che potrebbe entrare in travaglio da un momento all'altro", dice Earl, avvicinandosi a me per fare le pulizie per la cena. "Gli farò portare un piatto da uno dei ragazzi."

Grugnisco semplicemente in risposta, pensando che sia la cosa migliore. Non lo voglio davvero tra i piediNehemie Proprio adesso. Non so da dove venga questa vena di gelosia dentro di me, ma è lì ed è forte. Cerco di scrollarmi di dosso sapendo che lui fa parte di questa fattoria, ma lo è anche lei, quindi devo fidarmi di lei e lasciarla andare. Ma per quanto mi riguarda, non posso fare quello che la mia testa mi dice di fare. Il mio uomo delle caverne è molto più rumoroso dei miei sensi quando si trattaNehemie, e per qualche motivo non me ne frega niente.

Quando ho finito quasi corro in casa, voglio raggiungerla il prima possibile. Quando entro, vedo la tavola apparecchiata con piatti e cibo pronti per essere serviti in stile familiare. Faccio un respiro profondo e mi viene l'acquolina in bocca al profumo dell'arrosto. Ne ha abbastanza per un esercito, e tutte le cose che lo accompagnano. Anche i biscotti fatti in casa. Guardando in cucina, la vedo preparare una torta al cioccolato sul bancone. Vado dritto verso di lei.

Una volta raggiunta, non mi fermo mentre la prendo in braccio e la porto nella dispensa. Una volta lì, la spingo delicatamente contro gli scaffali e sento le sue gambe che mi avvolgono per sostenermi.

"Holsen", sussurra, ma è una mezza risata. "Cosa fai?"

"Volevo solo ringraziare la mia donna per la cena davvero ottima."

Chiudo le mie labbra con le sue, leccandole le labbra e sentendola aprirsi per me. Sento un pizzico di cioccolato su di lei e gemo per il sapore. Così dolce e così buono. Tutto quello che voglio fare è cadere in questo bacio per tutta l'eternità.

Sento le sue dita sfiorarmi la nuca mentre mi avvicina a sé. È come se neanche lei ne avesse mai abbastanza. Le sue gambe si stringono e la cresta del mio cazzo inizia a sfregare contro di lei mentre il bacio si trasforma in più di quanto avessi mai voluto. Ebbene, chi sto prendendo in giro? Voglio sempre più di un semplice bacio quando si trattaNehemie.

Questo rapido momento si trasforma in molto di più mentre ci aggrappiamo l'uno all'altro, cercando di avvicinarci il più possibile. Le mie labbra hanno bisogno di più, quindi le sposto lungo il collo e la lecco lì, desiderando ancora di più la sua dolcezza.

"Non hai nemmeno assaggiato la cena e stai facendo questo. Cosa farai dopo averlo assaggiato?"

Nehemiele sue parole escono a piccoli sussulti mentre la mia lingua si abbassa.

"Penso che sappiamo entrambi cosa succederà dopo che avrò mangiato un boccone."

Lei geme e si struscia contro di me, provocandoci entrambi fino alla frenesia.

"Holsen", sussurra, ed è allora che devo tirarmi indietro.

Sentire il mio nome sulle sue labbra è così intimo e pieno di sesso che non voglio rischiare che qualcuno lo senta.

Togliendo le mie labbra dal suo collo, la guardo negli occhi e vedo quanto ha bisogno di me.

"Ne vuoi di più, tesoro?"

Nehemie si lecca le labbra e annuisce rapidamente senza esitazione.

"Stasera. Sei nel mio letto. Non ti prenderò finché non sarai mio sulla carta. Ma stasera ti voglio nel mio letto."

Lei annuisce di nuovo, inspirando aria velocemente e con forza, come se fosse senza fiato.

"Voglio che tu mi mostri ciò che è mio. E voglio un assaggio. Non me lo rinnegherai, vero?"

Non è una domanda, ma lei chiude gli occhi e annuisce, come se il pensiero fosse troppo da gestire.

La deludo lentamente mentre il mio cazzo duro la strofina quanto più possibile. Vorrei strofinarlo su tutto il suo corpo nudo, ma ora non è il momento. Dopo un secondo, ci sorridiamo entrambi. La tensione frettolosa è scomparsa e tra noi si instaura un bisogno confortevole. Dopo che si è rimessa a posto i vestiti e ho sistemato la bestia nei miei jeans, le prendo la mano e la tiro fuori dalla dispensa e la porto dove tutti stanno cenando.

La aiuto a sistemarsi sulle mie ginocchia a capotavola, servendoci due piatti del suo delizioso cibo.

"Mangia, tesoro", le sussurro all'orecchio. È così piccola. Potrebbe permettersi di avere un po' più di peso addosso e mi assicurerò che ciò accada.

Tutti i ragazzi parlano e ridono, godendosi il pasto fatto in casa. Mi scalda il cuore e fa sentire questo posto completo. SpremituraNehemie più vicino a me, sorrido mentre mangiamo. Tutti gli uomini sono entusiasti della sua cucina. Sono pieno di orgoglio e gelosia, ma cerco di lasciare che l'orgoglio prevalga. È la cosa migliore che sia accaduta a questo posto da quando ho memoria, quindi mi concentro sugli aspetti positivi invece di fare lo stronzo al riguardo.

All'improvviso, Brandon entra nella sala da pranzo e mi abbracciaNehemie stringe.

"Scusate l'interruzione, capo, ma sembra che Fluffy sia podalico. Penso che potrei aver bisogno di te per questo."

Brandon non guarda nemmenoNehemie. Questo aiuta molto ad alleviare parte della mia ingiustificata irritazione nei suoi confronti. È un buon lavoratore e mi piace averlo intorno. Ci vorrà solo un po' di tempo per abituarsi ad avereNehemie e la mia gelosia nella stessa stanza.

"Me ne prenderò cura." GuardoNehemie, pensando che potrebbe essere qualcosa che vuole vedere. "Vuoi venire a vedere, tesoro?"

"Sicuro. Ho aiutato alcune volte con gli animali. Vedrò cosa posso fare."

Ci alziamo e io prendoNehemiela mano di lei, trascinandola dietro di me.

«Vai avanti, pulisci e prenditi un po' di cibo. Ci prenderemo cura di Fluffy stasera." Guardando Earl, lo vedo annuire con la testa. So che si prenderà cura delle cose in casa e si assicurerà che chiunque sia impegnato a pulire faccia il proprio lavoro.

TirandoNehemie dietro di me ci incamminiamo verso il fienile più vicino alla casa. Le tengo la mano mentre camminiamo e il semplice gesto mi fa sorridere. È stranamente comodo e sembra qualcosa che facciamo ogni giorno invece che qualcosa di completamente nuovo per noi.

"Allora chi è Fluffy?"Nehemie chiede mentre entriamo nella stalla.

"È una delle pecore che teniamo qui come una specie di animale domestico. Non abbiamo abbastanza per guadagnare davvero con la loro lana, quindi la doniamo al gruppo di maglieria in città e loro la usano". camminoNehemie nella stalla sul retro e vedo la pecora sdraiata.

Quando ci avviciniamo a lei è un po' nervosa, ma le metto la mano addosso e le tocco la pancia. L'agnello si è davvero allontanato da quello che sento, e guardo per vedere quanto è vicina al travaglio.

Alzando lo sguardo, vedoNehemie scendi nel fieno con Fluffy e metti la testa in grembo. Comincia ad accarezzarla delicatamente ed emettere suoni delicati per cercare di calmare la futura mamma.

"È troppo tardi per girare l'agnello, quindi dovrà prima partorire i piedi. Sarà doloroso per la mamma, quindi se vuoi aiutarmi, dovrai tenerla per me."

Nehemie alza lo sguardo e vedo la tristezza sul suo viso, ma viene subito scacciata e lei annuisce, ora determinata ad aiutare. Tiene in braccio Fluffy e inizia a parlarle come se fosse una vera mamma in procinto di partorire.

"Puoi farcela, Fluffy. So che puoi. Sii coraggioso. Ti abbiamo preso."

Vederla così scioglie qualcosa dentro di me, e il pensiero che lei abbia i nostri bambini mi attraversa la testa. Me lo scrollo di dosso prima di cadere troppo oltre il limite, pensando che devo concentrarmi su ciò che stiamo per fare. Ho già fatto nascere alcuni animali podalici, ma non è mai facile. Abbiamo perso alcune mamme in passato, quindi c'è sempre preoccupazione per questo genere di cose.

"Va bene, piccola mamma. Facciamo un bambino."

* * *

"Come lo chiameremo?"

Mi guardo intorno per vedereNehemie tenendo l'agnello mentre lo pulisce. Il lavoro ha richiesto ore ed è stato duro per tutti noi, ma Fluffy ne è uscito come un campione e ora abbiamo l'ultima aggiunta alMirtillo azienda agricola.

"Quello che vuoi, tesoro. È una ragazza."

Nehemie mi sorride, ed è la vista più dolce. Aiuta l'agnello a iniziare ad allattare e, una volta che li abbiamo sistemati, si avvicina a me.

"Sembra un piccolo batuffolo di cotone. Posso chiamarla Cotton?"

È troppo. La avvolgo tra le mie braccia e la stringo a me. "SÌ. Penso che Cotton sia perfetto. Soffice e cotone. È quasi troppo dannatamente carino.

Nehemie mi dà una pacca scherzosa sul braccio mentre usciamo dalla stalla, lasciando che la mamma e il bambino dormano un po'. Camminiamo mano nella mano verso la grande casa e a questo punto la notte è scesa sulla fattoria. Tutte le stelle sono fuori, ed è romantico stare qui con lei in questo modo.

Ci sono volute ore per consegnare Cotton ed è tardi, ma ricordo ancora quello che mi aveva promesso prima. E intendo trattenerla.

Quando arriviamo alla grande casa ed entriamo, mi giro dietro di me e chiudo la serratura. Il suo suono la spinge a guardarmi e riesco quasi a sentire il suo battito cardiaco accelerare.

"Penso che potremmo fare entrambi una doccia prima di andare a letto."

Guarda il corridoio dove si trovano la camera da letto e il bagno e poi torna a guardare me. Vedo il nervosismo nei suoi occhi, ma annuisce leggermente, ed è abbastanza per farmi andare da lei. La avvolgo tra le braccia e aspetto finché non mi guarda, incrociando i miei occhi. Voglio che si senta sempre al sicuro con me.

"Lascia che ti lavi, tesoro. Mostrarti quanto sarò buono con te. Darti un motivo per sposarmi venerdì. Non solo perché ne hai bisogno, ma perché lo vuoi.

"Holsen", sussurra, e il mio nome viene fuori con così tanto dietro. Bisogno nervoso e timido desiderio mescolati insieme.

"Ti fidi di me?" chiedo, avendo bisogno di saperlo e di sentirla dire.

Lei sorride e lo vedo nei suoi occhi prima che lo dica. "SÌ."

La prendo in braccio e la porto nel bagno principale. La appoggio sul ripiano accanto al lavandino e vado a fare la doccia, accendendo tutte le docce per far sì che l'acqua si scaldi. Quando ha finito, torno da lei e la vedo seduta lì che si morde il labbro.

Mi sbottono la camicia mentre mi tolgo gli stivali. Poi rimango lì con addosso solo i jeans. Si morde il labbro mentre mi guarda mentre prendo la cintura, e la cosa mi fa impazzire. Il solo fatto di avere i suoi occhi su di me come se non riuscisse a distogliere lo sguardo mi fa impazzire.

Quando la mia cintura è slacciata, apro la cerniera dei jeans e li spingo giù dai fianchi insieme ai boxer. Tanto vale andare avanti e mostrarle tutto di me, visto che sono l'ultimo uomo che vedrà nudo per il resto della sua vita.

Stando davanti a lei nudo, con il mio cazzo duro e dolorante puntato verso di lei, mi sento un dio. Mi sta guardando con gli occhi grandi. Si lecca le labbra e ci vuole tutta me stessa per rimanere radicata sul posto.

"Nehemie."

I suoi occhi scattano verso i miei e le sue guance diventano rosse come se fosse stata sorpresa a fissarmi. Voglio che guardi e spero che le piaccia quello che vede, ma ho bisogno di più. Devo metterle le mani addosso.

"Togliti i vestiti, tesoro."

Dopo un secondo di esitazione, le sue dita nervose raggiungono la camicia e iniziano a sbottonarla. È la tortura più dolce. Ogni bottone che slaccia mi mostra un po' di più della sua perfezione. Quando ha finito, se lo toglie dalle spalle. Mi avvicino a lei, incapace di trattenermi. Ho bisogno di toccarla. È lì con indosso un semplice reggiseno bianco, la sua pelle morbida risplende.

Mi avvicino ai suoi piedi e la aiuto a togliersi gli stivali prima di alzarsi e slacciarsi i pantaloncini. Se li toglie dai fianchi, insieme alle mutandine di cotone bianco, e io tengo gli occhi fissi nei suoi. Non voglio spaventarla o farla sentire in imbarazzo, quindi non guardo da nessuna parte se non nei suoi occhi. La vedo muoversi per togliersi il reggiseno e, una volta che lo sento colpire il pavimento, le prendo la mano e ci accompagno sotto la doccia.

Quando l'acqua calda ci colpisce, la attiro a me. Chiude gli occhi e si appoggia allo schienale, lasciando che l'acqua calda le scorra tra i capelli. Mi allungo e le tiro fuori le spille, mettendole sulla mensola della doccia. I suoi stretti riccioli biondi le cadono oltre le spalle. Ci faccio scorrere le dita e lei apre gli occhi per guardarmi.

"Lascia che ti lavi", sussurro, mentre prendo lo shampoo e vado a lavarle i capelli.

La schiuma si accumula tra le mie dita mentre le massaggio il cuoio capelluto e lei geme. Sento il suo corpo caldo e umido premere contro il mio, il mio cazzo duro che sfrega contro il suo ventre morbido. Fanculo. Lo farò ogni notte per il resto della mia vita.

Devo stringere i denti per trattenermi dal venirle addosso. La sensazione della sua pelle sulla mia è quasi sufficiente a mandarmi oltre il limite. Non sapevo che la pelle potesse essere così morbida. I miei occhi vagano lungo il suo corpo, vedendo i suoi seni pieni con capezzoli rosa scuro dalle punte indurite. Mi viene l'acquolina in bocca mentre li guardo, ma continuo a lavarle i capelli e a pensare a tutto quello che voglio far loro. Voglio succhiarla lì e poi strofinare il mio cazzo tra loro, stringendomi con tutto il loro peso.

Quando ho finito con i suoi capelli, metto anche un po' di balsamo e faccio scorrere le dita tra i suoi ricci. Abbasso di nuovo lo sguardo tra di noi e vedo la punta del mio cazzo che fa capolino contro la sua pancia. Vederlo, la testa quasi violacea per il bisogno contro la sua pelle cremosa, è troppo.

NehemieLe sue mani si avvicinano al mio petto, si appoggiano lì mentre prendo il sapone e inizio a pulire il suo corpo. Le bolle corrono tra di noi, creando una sensazione scivolosa tra la nostra pelle. Le sue curve scivolano contro il mio corpo, facendo pulsare il mio cazzo di bisogno. Mentre le mie mani scendono lungo il suo petto e verso il suo seno, pizzico delicatamente ciascuno dei suoi capezzoli, sentendola premere ulteriormente contro di me e gemere leggermente per il trattamento.

"Sono piccola", la sento sussurrare dolcemente.

Le prendo il seno tra le mani. "Sembra che tu sia perfetto per me", le dico, poi faccio scorrere il pollice sul suo capezzolo.

"Holsen."

Il mio nome riecheggia sulle piastrelle della doccia mentre scendo lungo il suo corpo e mi inginocchio davanti a lei. Da questa prospettiva, posso vederla tutta. I suoi fianchi e le sue cosce stretti e la piccola chiazza di riccioli biondi che le copre la figa. La piccola piega al centro è così dolce che voglio aprirla e assaggiare quello che ha lì per me. Il suo clitoride duro e il nettare appiccicoso aspettano solo la mia bocca.

Invece di prenderla in bocca come vorrei, la lavo delicatamente e poi scendo sulle cosce e sui piedi. Sto cercando di controllare il mio bisogno, anche se è la cosa più difficile che abbia mai fatto.

Una volta che è completamente pulita, mi insapone il più velocemente possibile così posso uscire dalla doccia. Le sue mani iniziano a vagare sul mio petto, ma devo fermarla.

"Non ancora piccola. Se mi tocchi troppo, non potrò fermarmi. E ho promesso a me stesso e a noi che avrei aspettato finché non fossi stato tutto mio per prenderti. Le bacio i palmi delle mani e ci conduco fuori dalla doccia, asciugandola e poi asciugandomi.

Quando abbiamo finito, la prendo tra le braccia e la porto nel nostro letto. Scosto le coperte, la metto sulle lenzuola e mi salgo sopra. Siamo completamente nudi e sarebbe facilissimo per me scivolare nel suo corpicino, ma non lo faccio. Le darò tutto il piacere che posso stasera, e poi la stringerò mentre dorme. Non sono sicuro che possa portarmi, quindi questo potrebbe essere tutto ciò che abbiamo. Per quanto io voglia infilarle completamente il cazzo dentro, non voglio rischiare di farle del male.

"Mio Dio. Come ho fatto ad essere così fortunato?"

Il rossore le colpisce le guance e le striscia lungo il petto. La vedo fare un movimento per coprirsi, ma io spingo via delicatamente le sue mani.

"Nessun bambino. Non nasconderti. Non da parte mia. Chinandomi, le bacio dolcemente le labbra e poi mi sposto sul collo. "Sei troppo bello. Non so quanto ancora posso sopportare.

Continuo a muovermi più in basso finché non raggiungo il suo seno. Prendo un capezzolo in bocca e lo succhio un po', poi lo mordicchio lì, sentendola contorcersi sotto di me. Mi prendo il mio tempo amando un seno e poi l'altro. Le lecco tutto intorno, lì, in mezzo e sotto, dove è più morbida. Quando avrò assaporato ogni centimetro di lei, mi sposterò più in basso, baciando la sua morbida pancia e prendendola a piccoli morsi.Nehemie ridacchia e si muove sotto di me, e io sorrido contro la sua pelle.

"Holscn, mi fa il solletico!"

Strofino la barba ispida contro di lei, strappandole un'altra risatina. Adoro il suono. È come musica per le mie orecchie e voglio continuare ad ascoltarla per il resto della mia vita.

Quando mi sposto più in basso e la mia bocca raggiunge la cima del suo monticello dove ci sono i suoi piccoli riccioli biondi, il suo respiro accelera e la risatina si trasforma in un gemito. Premo il naso lì, inalando il suo dolce profumo di mela, e la mia lingua esce, volendo assaporarlo. Premo sulle sue cosce e queste si aprono nervosamente per me. Alzo lo sguardo per vedere il rossore sulle sue guance, e le metto un altro bacio mentre la guardo negli occhi. Gemo a questa sensazione, e lei trema sotto di me, il suo corpicino ama la mia bocca su di lei.

"Holsen."

"Va bene tesoro. Ti darò ciò di cui hai bisogno." Le strofino le mani all'interno delle cosce, cercando di calmarla.

"NO. Voglio solo dire. Non l'ho mai fatto prima." Alzo lo sguardo e la vedo arrossire ancora di più. "Io..." Prende fiato e poi si mette le mani sul viso come se non guardarmi mi facesse scomparire. "Sono vergine. Non ho mai fatto niente del genere. Diavolo, sei il mio primo bacio.

Sentendo le sue parole, il mio cazzo duro perde un po' di sperma. Sapere che sono il suo primo e l'ultimo fa ruggire di orgoglio il mio cavernicolo interiore. Non mi sarebbe importato se fosse stata con un centinaio di uomini, ma sapere che sarò solo io fa sciogliere parte della gelosia che non avevo nemmeno realizzato fosse lì. Voglio che sappia che non c'è nulla di cui vergognarsi. Questo è un regalo che mi sta facendo. Ne farò tesoro. Assicurati che sia perfetto per lei.

"Grazie,Nehemie. Prendo tutto ciò che mi hai dato come dono. Sei più importante per me di quanto pensassi possibile. Mi assicurerò che questo sia un bene per te. Sarò così buono con te." Le sue mani scivolano via e lei mi guarda. Le bacio l'interno della coscia e poi sposto la bocca verso il suo centro. "Lascia che mi prenda cura di te, tesoro." Glielo mostrerò.

La mia bocca si abbassa sulla sua figa e il dolce sapore del suo nettare colpisce la mia lingua. Le lecco a lungo il clitoride, voglio assaporarne ogni singolo centimetro. Succhio le sue labbra inferiori e sposto la lingua verso il suo stretto ingresso. Faccio scorrere leggermente il dito. Posso sentire il suo imene lì, teso e sodo. È così piccola e chiusa che sarà quasi impossibile per me infilarci dentro anche la punta del cazzo.

Come se sentisse i miei pensieri, i suoi fianchi si muovono contro il mio viso invitandomi a entrare in lei. Si muove su e giù contro la mia bocca, traendo piacere da me. Qualcosa in questa ragazza innocente che lavora la sua figa contro la mia lingua mi rende ancora più caldo. È come se il suo corpo stesse prendendo vita davanti a me, e il dolore nel mio cazzo inizia a pulsare con un dolore agrodolce.

Ignorando il mio cazzo, e probabilmente le palle blu, torno a leccarle la figa. Le afferro le cosce, affondando le dita nella morbida pelle lì, e seppellisco il viso contro di lei, cercando di prenderne quanto più possibile nella mia bocca. Passano solo pochi istanti prima che lei si irrigidisca sotto di me e le sue mani vadano ai miei capelli. Mi stringe forte come se stesse cercando di staccarmi da sé, solo per finire per stringermi più forte a lei.

Mentre le succhio leggermente il clitoride, la sua schiena si piega dal letto e sale alle stelle oltre il bordo. Sento la sua figa pulsare contro la mia bocca mentre l'orgasmo la attraversa. Geme il mio nome a denti stretti e tutto ciò a cui riesco a pensare è quanto deve essere intenso per lei. Avere la mia bocca sulla sua dolce fica mentre lei mi viene in faccia è tutto ciò che riesco a sopportare. Sento l'umidità fredda tra le cosce e mi rendo conto di essermi venuto addosso. Ho provato a trattenermi e a tenerlo insieme, ma lei era troppo. Il suo gusto perfetto, sentirla sotto di me, sentire i suoi suoni... non riuscivo a controllarmi.

Quando la sento rilassarsi sotto di me, alzo lo sguardo e sorrido. Il mio sorriso diventa ancora più grande quando la vedo svenuta. I suoi occhi sono chiusi e la bocca leggermente aperta, da lei escono respiri profondi.

Mi alzo silenziosamente e pulisco il mio sperma meglio che posso prima di tornare a letto con lei. Accarezzo il suo corpo caldo e lei non batte ciglio quando ci copro con le coperte e spengo la luce.

Sento il sorriso sul mio viso mentre canticchia nel sonno. So di averle dato quella pace. Vorrei solo che ci fosse un modo per dirle quanto sia stato speciale per me.

Capitolo 9

Nehemie

Mi guardo allo specchio e non riesco a credere quanto mi stia bene il vestito bianco perla. Avevo dovuto solo stringerlo un po' sui fianchi per adattarlo perfettamente, atterrando appena sopra le ginocchia. Il vestito si allarga ma si stringe man mano che ti avvicini alla vita. La parte superiore si adatta al mio corpo e dà un accenno di scollatura che è ombreggiata dal pizzo bianco trasparente che corre lungo il collo e intorno alla schiena, lasciando le braccia nude.

Il giorno dopo aver ottenuto la licenza di matrimonio, ho avuto del tempo libero. Avevo già pulito ogni centimetro della casa, così quel pomeriggio, mentre le mie lasagne cuocevano nel forno, andai a curiosare e trovai la soffitta.

Tutta la zona era piena di scatoloni. Cose che appartenevanoHolsenLa mamma e il papà di erano tutti imballati e messi da parte. Adesso avevo capito perché gran parte della casa sembrava così spoglia. Ne avrebbe messo da parte un sacco. Ho trovato una scatola con l'etichetta matrimonio e non ho potuto trattenermi. L'ho aperto e ho trovato un semplice abito da sposa bianco e un album di nozze.

Lo sapevo dalla prima paginaHolsensono mamma e papà. Assomigliava proprio a suo padre. La somiglianza era sorprendente. Sembravano così innamorati. In ogni foto la guardava come se avesse appena appeso la luna. Era davvero bellissimo e mi chiedevo se gli sarei piaciuto. So quanto significherebbe una cosa del genereHolsen. Era facile capire quanto significassero per lui. Potrei dire ogni volta che parlava di loro o di questa fattoria.

Holsen mi ha raggiunto lassù. I suoi occhi brillarono di qualcosa quando mi vide sul pavimento, con l'album in grembo. È stato allora che l'ho saputo. Tutto questo era quassù perché era difficile da guardare. Ha aggravato la solitudine di cui mi aveva parlato. E quando mi ha detto che avrei dovuto indossare il vestito, il fatto che volesse che portassi giù qualcosa dalla soffitta la diceva lunga. Segnalava che stava superando questa perdita. Vai avanti con me. Entrambi abbiamo perso le nostre famiglie, ma siamo pronti per crearne una nostra. Il passato è molto più facile da accettare quando siamo insieme.

Non so se sapesse cosa significasse per lui dirmi una cosa del genere. Sapevo che mi aveva già dato l'anello, ma in qualche modo mi sembrava diverso. Era più intimo. Mi ha fatto sentire come se appartenessi a questo posto e che stavo diventando unMirtillo in qualcosa di più del semplice nome.

Mi passo le dita tra i capelli per la milionesima volta. I ricci non mi permettono di farci niente oggi. Sembra che abbiano una mente propria. Stavo per fissarlo indietro, maHolsen mi ha chiesto prima di andarsene se potevo lasciarlo giù.

Sono andato a protestare ma mi sono ritrovato disteso sulla schiena, con la sua faccia tra le mie gambe. È qualcosa che sta facendo molto ultimamente. Mi ha portato all'orgasmo due volte prima che lanciassi bandiera bianca. Non che avesse importanza. Quando più tardi sono andata in bagno, tutte le mie forcine erano sparite. Sembrava avere un fascino per i miei ricci selvaggi che mi piacevano sempre di più di giorno in giorno. Giocava sempre con loro o ci coccolava il viso mentre dormiva. Avvolgendoli attorno al dito, per poi lasciarli andare, affascinati dalla loro forma a cavatappi.

Sorrido al ricordo. È difficile credere di aver incontrato quest'uomo solo quattro giorni fa. La mia vita è cambiata tantissimo in questi quattro giorni. Le cose che mi fa sentire riempiono parti di me che non sapevo nemmeno fossero lì. Le parti che non avevo realizzato desideravano essere riempite.

Afferrando la mia borsetta, mi infilo le mie ballerine bianche e esco dalla camera da letto verso la porta d'ingresso.Holsen ha detto che sarebbe corso alla porta accanto per parlare di qualcosa con i Johnson. Negli ultimi due giorni le recinzioni non erano state più infrante e

Sammy era tornato sano e salvo a casa. Ma la notte scorsa qualcuno è entrato nella stalla e ha liberato sei cavalli. Gli uomini erano fuori a dar loro la caccia, eHolsen era esasperato ma cercava di mantenere la calma.

Apro la serratura, apro la porta ed emetto un piccolo cigolio quando vedo un uomo che non conosco in piedi lì. La sua mano è alzata in aria come se stesse per bussare.

"Mi spiace, signora. Non volevo spaventarti", dice togliendosi il suo Stetson per rivelare i corti capelli biondi.

"Mi dispiace. Semplicemente non mi aspettavo che ci fosse qualcuno lì quando ho aperto la porta.

Sorride mentre i suoi occhi scuri corrono su e giù per il mio corpo come se mi stesse accogliendo. Mi dà una sensazione inquietante.

"Sono Billy Buckman, il caposquadra della fattoria Johnson." Allunga la mano libera.

"Sig.ra.Nehemie Mirtillo", rispondo prendendogli la mano. Quando vado a tirarlo indietro, lo stringe leggermente come se non lo lasciasse andare, ma lo fa.

"Non ancora." Fa un mezzo sorriso come se fosse uno scherzo carino, e mi fa stringere gli occhi.

«Le suggerisco di fare un passo indietro, signor Buckman. A mio marito non piacciono le altre persone in casa quando lui non è qui."

"Non avevo ancora realizzato che voi due foste sposati", dice, ignorando le mie parole.

Lo oltrepasso, chiudendo la porta dietro di me, facendogli fare qualche passo indietro. Ne prendo alcuni dei miei nella direzione opposta, cercando di prendere una certa distanza da lui.

"Holsen è alla fattoria Johnson in questo momento. Non dovresti essere lì?"

"Ti aggiorna sempre sui suoi affari?" Il modo in cui dice la parola affari mi fa battere forte il cuore. Anche il tono non aiuta. Mi studia e io guardo il vialetto che conduce oltre la collina.Holsen dovrebbe tornare da un momento all'altro. Ha detto che non sarebbe rimasto via a lungo e che poi saremmo partiti.

I suoi stivali ticchettano sul portico di legno mentre fa un passo verso di me.

"Capisco perché June era così in forma per essere pareggiata. Sei una cosa carina. Non sono sicuro di cosaHolsen farà con te. Non penso che potresti sopportare un giro.

Sussulto alle sue parole perché non credo che intenda una cavalcata a cavallo. E l'implicazione è un po' troppo vicina a noi.

Si allunga, afferrando uno dei miei riccioli. «I Johnson non sono a casa, lo sai. Sono andato a una mostra di bestiame. Solo uno c'è giugno. Da quanto tempo è lì con lei?»

Il mio corpo si congela alle sue parole. È assente da più di un'ora ormai. Mi giro per togliergli la mano dai capelli e gli dico di andarsene, ma prima che possa farlo se n'è andato. Un forte schianto riempie il portico mentre Billy viene allontanato da me e colpisce la casa.Holsenha la mano intorno alla gola e Billy sta iniziando a diventare rosso.

Holsen lo tiene un buon piede da terra. Non avevo notato quanto fosse basso l'altro uomo, ma ora quelloHolsen è accanto a lui, si vede davvero.

"Pensi di poter venire nella mia terra e toccare mia moglie, cazzo?"HolsenIl suo viso è così vicino a quello di Billy che devo spostarmi un po' di lato per vederlo. La sua faccia sta diventando viola adesso, e non credoHolsen sta davvero cercando una risposta alla sua domanda. È chiaro che l'uomo non sarà in grado di parlare con quanto strettoHolsengli sta stringendo la gola.

"Non la guardi, non le parli. In effetti, non sai nemmeno che esiste, cazzo."Holsen è così arrabbiato che riesco a sentire la rabbia pulsare via da lui a ondate. Continua a soffocare Billy, e tutto quello che posso fare è restare lì, scioccato dalla velocità con cui è successo tutto. Non so nemmeno doveHolsen venire da. Era come se sapesse che un uomo mi aveva toccato e, puff, si è semplicemente materializzato. In realtà questo non mi sconvolgerebbe a questo punto.

"Fanculo!" Sento qualcuno urlare, distogliendo lo sguardo dalla scena davanti a me. Vedo Earl e altre tre mani con lui iniziare a correre verso il portico. Si dirigono versoHolsen e provare a staccarlo dall'altro uomo. Ci vogliono tutti e quattro per riuscirci finalmenteHolsen fuori Billy. QuandoHolsen lascia andare, Billy scivola giù, sbattendo il sedere contro il portico. Si porta la mano alla gola mentre tossisce ancora e ancora. Mi guardo indietroHolsen, che è ancora trattenuto dagli uomini mentre cercano di calmarlo, ma non sembra funzionare.

Continua a tirare per liberarsi, ricambiando Billy.

"L'ha toccata, cazzo." Si lancia di nuovo, questa volta liberandosi da due mani, e io salto davanti a lui. Si ferma, quasi correndo verso di me, e io mi getto tra le sue braccia, avvolgendomi attorno a lui. Non potrà assolutamente continuare ad attaccare Billy se sono chiuso intorno a lui. Se non lo fermiamo, inizio a pensare che potrebbe uccidere quell'uomo.

Le sue mani vanno sul mio culo, prendendomi facilmente. Mi tiro indietro e gli accarezzo il viso. "Mi sposi oggi o andrai in prigione?" gli chiedo mentre mi chino, le mie labbra a un soffio dalle sue, e posso vedere il suo viso rilassarsi visibilmente.

"Sposarsi."

"Pensi che dovremmo esercitarci di nuovo con quella parte del bacio?" Lo prendo in giro, sfiorando le mie labbra con le sue.

Mi prende la bocca. Il bacio è duro ed esigente, quasi mi fa uscire l'aria dai polmoni. Posso sentire tutto quello che ha provato pochi istanti fa. Tutta l'adrenalina sta ancora pompando nel suo corpo, solo che ora la sta usando su di me. Si allontana prima di quanto vorrei, interrompendo il bacio.

"Portatelo via dalla mia terra"Holsen dice senza staccare lo sguardo dai miei mentre comincia a portarmi verso casa.

"Chiamo lo sceriffo. Ne verrà a conoscenza."

"Quando lo chiami, puoi dirgli che mi deve ancora cento dollari dalla nostra ultima serata di poker?" Ho sentito Earl dire comeHolsen dà un calcio alla porta che si chiude dietro di noi e mi mette in piedi.

I suoi occhi mi percorrono e posso vedere il resto della tensione abbandonare il suo corpo.

"Maledizione, sei perfetto." La sua voce è burbera, ma fa un passo indietro rispetto a me.

Faccio un passo verso di lui e lui alza una mano.

«Resisti a malapena, tesoro. Devo portarti in tribunale, e se mi tocchi in questo momento per come mi sento, scatterò e ti porterò direttamente su questo piano.

"C'è di più di quello che è appena successo là fuori, non è vero?" chiedo, indicando la porta dalla quale siamo appena entrati.

"Sì. Ero già incazzato prima di vedere Billy allungare la mano e toccarti. Dopo sono andato oltre il limite.

"Quello che è successo?"

"Niente. Niente affatto."

Lo fisso e basta.Holsen si passa una mano sul viso, poi se la passa tra i capelli scuri.

"Sono andato dai Johnson e non c'erano."

"Ma giugno lo era."

"Ma June lo era", conferma, mettendomi a disagio. Questo non mi piace per niente.

"Mi sono seduto e ho aspettato e aspettato ancora un po' mentre June parlava a voce alta. Tesoro, sai cosa provo per quella sua voce. Lo dice come se fosse stato torturato, facendomi alzare gli occhi al cielo.

"Mi ha offerto qualcosa da bere. Ho detto di no e che se sua madre e suo padre non fossero tornati entro cinque minuti, me ne sarei andato. È stato allora che ha perso la testa, cazzo. Ha provato a lanciarsi contro di me. L'ho schivata e lei è caduta a terra. Difficile. Poi ha iniziato a piangere". Mi studia per un secondo e capisco che c'è dell'altro e lui non vuole dirlo.

"Che cosa,Holsen? Appena detto."

"L'ho semplicemente scavalcato e me ne sono andato."

"Va bene."

"Va bene?" Imita la mia risposta. "Non sei arrabbiato? Pensavo ti saresti incazzato per averla lasciata lì a piangere. L'ultima volta che ha cominciato con quelle lacrime, mi hai detto di essere gentile. Ho pensato-"

"È questo che ti ha fatto arrabbiare così tanto?"

"Una parte importante, cazzo." Emette un respiro profondo. "Tutto quello che continuavo a pensare era che se dovessi ascoltare un uomo parlare per trenta minuti di come dovresti sposarlo, mi perderei. Poi ho girato quell'angolo e c'era un uomo in piedi sul mio maledetto portico che ti toccava, cazzo." Urla l'ultima parte.

Scuoto semplicemente la testa e mi avvicino a lui, mettendogli le mani sul petto, sorridendogli.

"Come puoi sorridere? Voglio ancora tornare là fuori e picchiare a morte qualcuno.

"Sto sorridendo perché sei così geloso. Sei persino geloso di me rispetto a te." Comincio a ridere perché dirlo ad alta voce rende ancora più divertente.

Scuote semplicemente la testa.

"Dovremmo andare a sposarci. Penso che potrebbe aiutare. Non sono sicuro di chi stia cercando di convincere, io o lui.

"Certo che lo farà", scherzo.

"Forse se camminassi da queste parti con la pancia rotonda, anche questo potrebbe aiutare", aggiunge.

"Possiamo concentrarci su una cosa alla volta qui? Prima il matrimonio», gli ricordo.

"Completiamo questo matrimonio e mi concentrerò molto su quello."

"Promesse, promesse", scherzo.

Si abbassa e posa un dolce bacio sulle mie labbra.

"Questo sarà il matrimonio più veloce che questa città abbia mai visto."

Capitolo 10

Holsen

Sento i cardini della porta tremare mentre la chiudo dietro di noi con un calcio.

"Apra la serratura, signora.Mirtillo. Avremo bisogno di un po' di privacy."

Nehemie ridacchia tra le mie braccia ma gira la serratura come avevo chiesto. Quasi corro lungo il lungo corridoio fino alla nostra camera da letto, sono così disperato che vorrei portarla lì. Sento che una volta che saremo nella nostra stanza, lei sarà mia e non potrà scappare.

Il nostro matrimonio doveva aver fatto la storia. Il più veloce che faccio nello stato del Texas, garantito. Quando l'officiante arrivò al punto di chiedere se qualcuno avesse obiettato, gli strappai l'anello di mano e me lo infilai.Nehemie prima ancora che potesse finire la frase. L'ho attirata a me, l'ho baciata sulla bocca e ho detto: "Abbiamo finito qui".

Nehemie ho riso per tutto il tempo in cui l'ho portata fuori dal tribunale, ma ero mortalmente seria. Non stavo dando a nessuno il tempo di opporsi a nulla, e di sicuro non stavo più aspettando di farla mia. Il viaggio di ritorno al ranch è stato abbastanza lungo, quindi non appena siamo tornati l'ho portata dal camion, oltre la soglia e in casa.

"Holsen, ti farai male correndo in giro con me tra le tue braccia in questo modo. Calmati. Non vado da nessuna parte."

"Tesoro, potrei portarti con te per il resto della mia vita senza nemmeno sudare. Sei così piccolo. Dovrai iniziare a mangiare di più. Devi ingrassare," le dico, facendola ridacchiare.

Una volta dentro la camera da letto, chiudo la porta dietro di noi con un calcio e mi alzoNehemie accanto al letto. Era così bella oggi e non riesco più a tenere le mani a posto. Tenendola a me, la guardo negli occhi e la vedo mordersi il labbro.

"Sono nervosa", sussurra, e vedo il rossore colpirle le guance.

"Voglio solo giacere nudo con te, tesoro. Non sono sicuro di quanto saremo in grado di fare. Tu sei così piccolo, e io..." mi spengo, non so cosa dire.

"Gigantesco", conclude per me, spalancando gli occhi mentre guarda il mio corpo.

"Andremo piano. E quando non potremo più fare, ci fermeremo". Tenendole il mento, la costringo a guardarmi negli occhi in modo che capisca che sono seria. "Sai che non farò nulla che ti possa ferire. Lento, tesoro. Molto lento."

Mi sorride e mi fa quasi scoppiare il cuore dall'amore. Ecco di cosa si tratta. Mi sono innamorato di lei dal momento in cui l'ho vista nella nostra cucina. Tutti quei capelli biondi e selvaggi che mi aveva lanciato addosso come se non fossi tre volte più grande di lei. Non era minimamente intimidita da me. Dove molti correvano, lei si limitava ad alzare gli occhi al cielo o a darmi una pacca sul petto, definendomi un bruto. Sono spacciato e non sono mai stato più felice in vita mia.

Abbassandomi, prendo le sue labbra e le avvolgo le braccia intorno alla vita. Le sue mani salgono e mi circondano il collo, e io la stringo a me mentre ci baciamo. Come sempre quando ci connettiamo, il calore basso si trasforma in una passione bollente e presto il bacio da solo non basta. Alzando la mano, le sbottono il laccio dietro il collo e poi sgancio la cerniera sulla schiena. Il vestito le cade dolcemente sui fianchi, e io lo tengo lì mentre lei si allontana da me e se ne toglie. Si toglie le scarpe, lasciandola solo con mutandine di pizzo bianco.

"Mio Dio, Nehemie. Sei la cosa più bella che abbia mai visto in vita mia. Metto la mano sul petto per impedire al cuore di provare a sfondare. Il solo guardarla mi rende deboli le ginocchia e disposto a sacrificare la mia vita per qualunque cosa serva per renderla felice. Spero di poter essere il marito che merita perché merita il meglio dalla vita. E proverò fino al mio ultimo respiro ad essere ciò di cui ha bisogno.

Mi sorride, i suoi riccioli biondi le cadono tutt'intorno come un'aureola. Fuori il sole sta tramontando e la luce rosa-dorata sta facendo capolino, e tutto quello che posso fare è stare lì come un idiota a guardare la mia bellissima sposa. La guardo mentre si toglie le mutandine e si arrampica sul nostro letto, sdraiandosi e aspettandomi. Dovrei spostarmi e andare da lei, ma sono bloccato, congelato da quanto sia assolutamente perfetta.

"Holsen. Rimarrai lì tutta la notte o farai l'amore con tua moglie?

Lei ridacchia e questo rompe la mia trance. All'improvviso, sono in rapido movimento. Mi tolgo gli stivali e la camicia bianca abbottonata. Poi mi tolgo i jeans e i boxer finché non mi denudo e salgo sul letto sopra di lei.

Quando sono sopra di lei, con il suo corpicino completamente inghiottito dal mio, mi chino e le bacio il collo. "Non devi mai chiedermelo due volte, tesoro."

Sento il sorriso nella sua voce mentre canticchia in segno di approvazione. Il suo corpo sta già rispondendo al mio con il modo in cui si muove sotto di me. Ho mangiato quella dolce fighetta ogni volta che ne ho la possibilità, e lei ama più che l'attenzione. Traccio baci lungo il suo corpo e mi sistemo tra le sue gambe. Le sue cosce si aprono facilmente per me, la timidezza svanisce.

Leccarle la figa potrebbe essere la cosa che preferisco al mondo. Accanto a baciarla. Niente è paragonabile a tenerla tra le mie braccia e sentire le sue labbra contro le mie. Ma queste dolci labbra inferiori sono dannatamente vicine. Comincio a mangiarla proprio come piace a lei. Ho già capito che all'inizio le piace andare piano e con calma, poi le piace che io prenda la velocità e diventi avido. Le sue mani mi stringono dietro la testa e so che ha smesso di essere presa in giro. È pronta a prendere quello che vuole, e di solito è quello il momento in cui finisco per venirmi addosso e fare un pasticcio a letto. Preferirei di gran lunga che lo sperma le entrasse dentro, e forse stasera ci proveremo.

Pensare di metterle dentro il mio sperma mi fa raggiungere le gambe e pizzicare l'estremità del mio cazzo. Non voglio correre il rischio di rompermi una noce quando mi viene in faccia, quindi lo tengo stretto per evitare che fuoriesca qualcosa. Voglio provare a salvarlo perNehemie.

L'odore del suo nettare appiccicoso e il sapore della sua dolcezza mi fanno avvicinare sempre di più. Ma mi trattengo e mi concentro mentre lei raggiunge il limite del piacere. Quando le sue mani arrivano dietro la mia testa, le succhio il clitoride e glielo mordicchio. Avvicinando le mie dita alla sua apertura, la penetro, cercando di allargare il più possibile il suo buchetto. L'ho fatto un paio di volte ormai, ma ogni volta mi sento stretto come la prima e non mi sento meglio nel metterle il cazzo dentro.

Mantengo una forte pressione sul suo clitoride mentre strofino il punto debole dentro di lei, e sento che sta iniziando ad avere l'orgasmo. Le sue gambe si tendono ai lati del mio viso e cerca di inarcarsi dal letto. Mantengo il ritmo regolare e lei sale alle stelle oltre il limite e raggiunge il paradiso.

"Holsen!"

Sentire il mio nome sulle sue labbra mi manda quasi oltre il limite, ma mi trattengo sapendo che voglio di più. Voglio provare tutto il possibile per stare completamente con lei, e voglio vedere se riesco a far entrare il mio bambino dentro di lei. Stasera.

Baciandomi lungo il suo corpo, vedo il dolce sorriso sul suo viso. Lei mi raggiunge e io vado da lei mentre mi avvolge le gambe intorno alla vita. Sento la lunghezza del mio cazzo appoggiarsi contro la sua figa bagnata e devo chiudere forte gli occhi per evitare di venire. È quasi doloroso quanto si senta bene, e io non sono ancora nemmeno dentro di lei.

"Sono pronto,Holsen."

Le sue parole sono dolci, ma mi fanno aprire gli occhi e guardarla. Non posso dire nulla perché ho perso la capacità di parlare, quindi annuisco semplicemente e mi sposto contro di lei. Mi strofino contro di lei per un po', stuzzicandoci entrambi con quello che vogliamo. In verità, sono ancora nervoso, quindi sto cercando di andare piano.

Voglio soddisfare il suo bisogno in modo che non sia doloroso. Il pensiero di farle del male mi fa male, quindi farò tutto il possibile per prevenirlo.

Mi immergo un po' più in basso finché la punta del mio cazzo non raggiunge la sua apertura e mi sistemo lì. Posso già sentire la sua tensione che cerca di tenermi fuori, quindi quando spingo leggermente in avanti, sento la sua barriera vergine.

Chiudendo di nuovo gli occhi, scuoto la testa. "Non posso farlo." È tutto ciò che posso ottenere, perché per quanto io voglia andare avanti, non riesco a costringermi a farlo.

SensazioneNehemie spingo contro di me, apro gli occhi scioccato mentre lei mi fa rotolare e si arrampica sopra. Non è che sia abbastanza grande da commuovermi da sola, ma sono colto di sorpresa e ci vado e basta.

Sono sulla schiena e lei è a cavalcioni della mia vita, e la vedo guardarmi con un'espressione determinata.

"Ascoltare,Holsen. Sono sicuro che nella storia di tutto il mondo, due persone della stessa statura come te e me hanno fatto questo. Potrò essere piccolo e un po' delicato, ma sono più duro di quanto sembri. Se non lo farai tu, forse dovrei farlo io. Perché ti amo. E ti voglio in ogni modo possibile. Ogni grande parte di te."

"Ti amo anch'io piccola." Mi siedo un po', attirandola verso di me, le nostre labbra si uniscono, il fuoco divampa tra noi ancora una volta. Mi stacco per guardarla, i selvaggi riccioli biondi la circondano ancora una volta come un'aureola e la fanno sembrare così bella. "Avrei voluto dirlo così tante volte ma avevo paura di spaventarti." È troppo presto. Almeno questo è quello che pensavo avrebbe detto. Ma sapevo che non lo era. Mio padre mi ha detto che sapeva dal momento in cui ha visto mia madre che era lei. Non potevo sopportare di dirle che l'amavo e non che lei lo rispondesse. Sarebbe bruciato in profondità perché tutta quella solitudine che provavo da quando ho perso la mia famiglia sembrava sopportabile. I ricordi ora sono dolci, non dolorosi. Perché ho lei. Qualcuno che amo.

"Non vado da nessuna parte. Ti amo e sei mio marito. Per sempre." Mi mette una mano sul lato del viso e mi guarda negli occhi. Lo vedo lì. Anche lei lo sente.

Le nostre labbra si uniscono di nuovo, e questa volta la sento muoversi sopra di me. I suoi fianchi scivolano un po' verso il basso finché il mio cazzo non è di nuovo nella sua apertura. Lei scende. Quando sento la pressione del suo imene morbido e bagnato contro di me, vorrei tirarmi indietro, ma lei è troppo veloce per me e si lascia cadere sul mio cazzo.

"Fanculo." Interrompendo il bacio, getto indietro la testa e quasi svengo dal piacere. La stretta stretta della sua figa mi stringe così forte che potrei morire.

Sento le mie mani tremanti posarsi sui suoi fianchi e alzo lo sguardo per assicurarmi che stia bene. Lei mi guarda e sorride, e all'improvviso tutte le mie paure svaniscono.

"Sei grande ovunque, Holsen. Ma penso che tutto andrà bene."

La sento muoversi un po' ed è tutto quello che posso fare per non venirle dentro dopo un colpo. Lo scivolamento bagnato della sua figa mentre si muove su e giù per il mio cazzo mi sta lentamente uccidendo nel miglior modo possibile.

"Tesoro, sono morto e sono andato in paradiso."

Mi alzo e prendo il suo capezzolo in bocca, desiderando che si senta bene come mi sento io in questo momento. Lei geme di piacere e inizia a muoversi di più sul mio cazzo, e io aiuto i suoi fianchi a dondolarsi su di me. Dopo solo pochi minuti, mi prende tutto e cavalca su e giù. Stringo i denti mentre guardo tra di noi e vedo i nostri corpi collegati.

"Non posso più aspettare. Ho cercato di trattenermi, ma non posso più. Sei così dannatamente stretto. Non posso sopportarlo. Questo non può essere reale.

Mettendomi in mezzo a noi, le strofino il piccolo clitoride e la sento stringermi mentre si lascia cadere sul mio cazzo. La dolcezza appiccicosa tra noi è così dannatamente calda, e io la strofino più forte, avendo bisogno che venga con me.

"Questo è tutto, Holsen. Proprio qui."

Nehemie si siede su di me e appoggia la testa all'indietro, chiudendo gli occhi, i suoi riccioli biondi ovunque. Ha perso il piacere mentre mi spingo dentro di lei e finalmente la sento andare oltre il limite. Sto venendo proprio quando lei inizia, quindi le tengo i fianchi su di me e la tengo ferma mentre la riempio. Mentre le pompo dentro un grosso carico dopo l'altro, lei diventa troppo piena e inizia a finire tra di noi.

La vista mi eccita ancora di più e sento che le sto dando più del mio seme. Metto la mano sul suo basso ventre mentre continuo a venirla dentro, sperando che attecchisca. È l'orgasmo più lungo e migliore di tutta la mia vita e lei me lo ha concesso.

Quando finalmente tornerò sulla terra, Nehemie è crollato addosso a me e respira affannosamente. Sorrido e la accarezzo mentre entrambi riprendiamo fiato, cercando di trovare qualcosa da dire. È stato il momento più incredibile della mia vita e non riesco a trovare le parole giuste per dirglielo.

"Ti amo, signora. Nehemie Mirtillo."

Si alza e mi guarda negli occhi, sorridendomi come se avessi appeso la luna. "Ti amo anch'io, signor. Holsen Myrtil."

Rimaniamo in contatto mentre la tengo a me, e lentamente ricominciamo a fare l'amore. Non credo che esista un momento in cui ci fermiamo o in cui dormiamo, ma passiamo tutta la notte insieme nel modo più intimo possibile. È la cosa più speciale della mia vita e ringrazio le stelle lassù per avermi scelto.

Capitolo 11

Nehemie

"Holsen. Per favore," imploro mentre la sua mano callosa scivola tra le mie gambe, su per il vestito, avvicinandosi sempre di più a dove voglio. Provo ad avvicinarmi, ma la sua altra mano mi afferra il fianco, fermandomi. Avrei potuto ottenereHolsen sulla schiena quella prima notte, ma da allora non ho più avuto molto controllo. Fa di me quello che vuole. Prendermi in braccio e spostarmi dove vuole. Tutta questa cosa del bruto uomo delle caverne dovrebbe farmi venire voglia di schiaffeggiarlo, ma tutto ciò che sembra fare è eccitarmi e farmi implorare.

«Sei ancora dolorante, tesoro?» mi sussurra all'orecchio prima di prendermi il lobo tra i denti. Non facciamo sesso dalla nostra prima notte di nozze. Avevamo fatto l'amore tre volte quella notte e la mattina dopo mi ero svegliato piuttosto dolorante. Adesso non mi riprenderà più e la cosa mi sta facendo impazzire. Stavo bene andando da ieri, ma lui mi ha comunque bloccato, andando con la classica testa tra le gambe finché non sono svenuta e non potevo più implorare.

"NO. Per favore. Ne ho bisogno. Fa male,Holsen. Io..." Provo di nuovo, muovendo leggermente i fianchi, e lo sento sorridere contro il mio collo. La sua mano si sposta sulla mia nuca, afferrandomi una manciata di capelli e inclinandomi la testa all'indietro.

"Oh, so di cosa hai bisogno. Quello che stavi facendo nel momento in cui sono entrato qui. Ti piace eccitarmi? Sapere che ti muovi per questa cucina con i miei occhi su di te, e che il mio cazzo diventa sempre più duro a ogni movimento dei tuoi fianchi? Lo fai apposta? Cerchi di farmi sprofondare di nuovo nella tua figa?"

"Oh Dio." Quella era un'altra cosa.Holsenle chiacchiere sporche di erano aumentate di dieci volte dalla nostra prima notte insieme. Quell'uomo poteva lasciarmi completamente senza parole. Passo dal volerlo schiaffeggiare all'attaccarlo con la bocca e arrampicarmi su di lui come su un albero. A volte penso che mi stuzzichi apposta per farmi arrabbiare.

La sua mano si stringe tra i miei capelli, tirandoli leggermente. "SuoHolsen, Tesoro. Non costringermi a dirtelo di nuovo. Solo il mio nome viene da quella tua bocca quando sei tutta bagnata. Se non fossi così eccitato, sorriderei al fatto che sia diventato geloso di Dio.

"Holsen, Per favore."

"Rispondimi," ringhia contro di me, la sua mano che si trascina un po' più in alto lungo le mie gambe. "Fanculo."

Ci vuole tutta me stessa per non ridere. Oh, l'ho fatto apposta, d'accordo. Mi ci è voluta un'ora per tagliare sei pollici dal vestito in modo che mi coprisse a malapena il culo, e ho mollato la biancheria intima. stavo ottenendoHolsen fare l'amore con me ancora oggi, in un modo o nell'altro.

Posso sentire il suo controllo spezzarsi quando le sue dita finalmente mi toccano. Sono così vicino che so che non ci vorrà molto.

"Toccalo. mi fa male,Holsen", spingo.

"Non dovrei. Dovrei farti soffrire come hai fatto soffrire me tutto il giorno, ma sai quanto mi piace vederti venire. Vederti distrutto per me. Si appoggia allo schienale, fissando i suoi occhi nei miei. I suoi occhi grigi sembrano più scuri, pieni di pura lussuria. Un dito scende lungo la mia fessura finché non raggiunge il mio punto debole. Si fa strada dentro di me, riempiendomi perfettamente. Giuro che il mio corpo è stato fatto per lui. È così che ci si sente ogni volta che mi tocca. È come se sapesse esattamente cosa fare con me.

Il suo nome esce dalle mie labbra in un lungo gemito mentre il suo pollice inizia a toccare il mio clitoride.

"Vorresti che quello fosse il mio cazzo, tesoro? Che stavo pompando dentro e fuori tra le tue gambe?"

Non gli rispondo. Provo solo a prendere i suoi jeans. Mi stringe ancora un po' i capelli, fermando ancora una volta i miei movimenti mentre continua a spingere il dito dentro e fuori da me.

"Dallo A me." Ringhia il comando, mandandomi oltre il limite. Sento il suo corpo tremare con il mio come se stesse venendo con me. Gli piace il mio piacere tanto quanto me "Ecco, signora.Mirtillo. Dai a tuo marito quello che vuole. Ciò che gli appartiene."

Il mio corpo sussulta mentre l'intenso impeto dell'orgasmo ribolle e svanisce.

"Dillo."

"Il tuo. Solo il vostro." Adesso esce così semplicemente dalle mie labbra perché è vero. So quanto gli piace quando gli dico che gli appartengo.

"Holsen. Voglio di più." Provo di nuovo a prendere i suoi jeans, ma vengo trascinata giù dal bancone della cucina e mi metto dietro di lui quando sento la porta d'ingresso aprirsi.

"C'è sicuramente un buon odore qui dentro", sento dire a Earl. Provo a sbirciare da dietroHolsen, ma si muove con me quindi non riesco a vedere nulla.

Holsen borbotta una serie di imprecazioni.

"Mangia" è tutto ciò che dice prima di voltarsi a guardarmi, con uno sguardo accigliato. Si avvicina al mio orecchio così solo io posso sentirlo. "Porta il tuo culetto nella nostra camera da letto. Prendi una coperta e mettiti dei pantaloncini sotto qualunque cosa indossi. Non so cosa sia, ma di sicuro non è un vestito.

"Devo..." mi dirigo verso la porta dove tutti gli uomini stanno entrando per cena.

"NO. Farai quello che ti ho detto." Porta alla bocca il dito che ha appena messo dentro di me, succhiandolo. La sua espressione mi dice che è la cosa più dolce che abbia mai assaggiato "Oppure potrei perdere la testa. La tua faccia è ancora arrossata perché ti ho fatto venire, e nessuno lo vede. Nessuno. Sono già nervoso per non essere riuscito a entrare in te negli ultimi giorni, e ora gli uomini del mio ranch hanno quasi visto mia moglie venire. Avrei dovuto cavargli tutti gli occhi. Lo vuoi?"

Lo guardo scioccato. Non fa nemmeno un sorriso come se stesse scherzando. Non avevo davvero pensato che qualcuno potesse intromettersi in noi.

«Vai a prendere la coperta, tesoro. Toglierò l'ultima torta dal forno e preparerò un piatto da portare fuori per mangiarlo da soli.

"Non ti piace il mio vestito?" chiedo, facendo un passo indietro. Quando ringhia, salto, correndo verso la camera da letto mentre sento il mormorio di qualcuno che dice qualcosa su come non hanno mai vistoHolsen prendersi un giorno libero dal lavoro nella sua vita.

Questo mi fa sorridere mentre vado in camera da letto e trovo dei pantaloncini da indossare. Prendo il paio di stivali da cowboyHolsen comprato anche me ieri. Non ha lavorato negli ultimi giorni, ha solo fatto cose con me. Ha detto che è stata una mini luna di miele finché non ha scoperto cosa stava succedendo intorno alla fattoria con tutte le recinzioni rotte. Poi mi avrebbe portato in uno vero. Ovunque mi piacesse. Voglio solo restare qui.

Mi ha portato a pescare e a nuotare nel lago della sua terra. Mi ha portato a fare shopping in città e a esplorare in uno dei suoi quattro ruote. Volevo prendere uno dei cavalli, ma lui ha detto che non potevo ancora salire su di loro, non finché non fossi stato più dolorante. Ha detto che l'unica cosa che vorrei cavalcare è lui.

È stato tutto così perfetto. Ogni momento con lui. Non mi sono mai sentito così felice e completo in tutta la mia vita. Come se appartenessi davvero a qualche posto.

Prendo la coperta ai piedi del letto e torno in cucina dove vedoHolsen tenendo in mano un cesto. Mi prende la coperta e poi mi prende la mano.

"Pulite quando avete finito, ragazzi", mi dice da sopra la spalla mentre mi trascina fuori di casa. La gente ci saluta mentre usciamo. Una volta,Holsen mi tirò fuori dalla stanza e risuonarono fischi e urla. Diciamo solo che non accadrebbe più. Devo trattenere una risatina quando ricordo il suo carattere quella notte. Non gli piaceva nemmeno l'idea che la gente pensasse che avessi fatto sesso, anche se era con lui.

"Dove stiamo andando?"

"Il fienile. Te lo mostrerò", dice.

Quando arriviamo alla stalla, mi trascina verso il retro fino a una scala parzialmente nascosta. Salgo per primo conHolsen proprio dietro di me.

In alto c'è un pianerottolo con una gigantesca finestra aperta che si affaccia sul campo dietro la casa. Da qui vedo il sole tramontare sul lago. È bellissimo.

"Da quassù si vede il lago." Mi giro per vedereHolsen seduto sulla coperta che avevamo portato, il cibo già tirato fuori dal cestino mentre mi guarda.

"Sì. Da bambino venivo sempre qui. Per alcuni anni ne ho fatto addirittura una clubhouse. Ho pensato che fosse la cosa più bella di sempre. Come se avessi una casa mia."

Mi avvicino e mi siedo accanto a lui.Holsen mi tira tra le sue gambe, appoggiandomi la schiena al suo petto. Non parla molto del suo passato, nessuno di noi lo fa davvero. Entrambi lasciamo semplicemente piccole cose qua e là.

"È più facile", dico, prendendo un pezzo di pollo e dandogli un morso.

"È davvero."

Mi giro a guardarlo, colta di sorpresa da come mi ha conquistato così facilmente. Sapeva già di cosa stavo parlando. Entrambi abbiamo perso le nostre famiglie, ma la perdita non è così paralizzante ora che abbiamo l'uno per l'altro.Holsen sembra essere in grado di leggermi come nessun altro ha mai fatto.

"Volevo bene a mia mamma. Lei era tutto ciò che avevo, ma le cose potevano essere difficili. io sentoHolsenLa sua bocca tocca la parte superiore della mia testa mentre mi stringe un po' più forte. «Sai, ho vissuto in una fattoria fino ai sedici anni, ma poi abbiamo lasciato i Blackwell per tornare in città. Siamo partiti perché la mamma si è ammalata. Avevamo bisogno di essere più vicini ai medici. L'ho trattenuta per alcuni anni, poi se n'è andata e io ero tutto solo. Avevamo investito tutti i nostri soldi in quei dottori, e quando è morta ne avevo a malapena abbastanza per seppellirla.

io sentoHolsenIl suo corpo diventa completamente immobile, quasi come se non stesse nemmeno respirando. Mi giro a guardarlo e per la prima volta vedo un'espressione che non avevo mai visto prima sul suo viso. Panico. O forse è colpa.

Mi giro completamente e mi metto a cavalcioni di lui. Le sue mani si avvicinano al mio viso, stringendolo a coppa. "Non posso lasciarti andare. Sapevo qualcosa del tuo passato. Ho chiesto all'agenzia. Mi hanno detto che eri al verde e non avevi molta scelta. In realtà quel giorno avevo detto a Earl di rimandarti indietro. Ti do dei soldi e ti dico che ho cambiato idea. Avrei potuto darti una via d'uscita quando sei arrivato qui. Ti ho aiutato a sistemarti o qualcosa del genere, ti ho offerto solo un lavoro qui, ma ero un bastardo egoista. Tutto quello che ho potuto pensare dal momento in cui ti ho visto è che dovevo portarti all'altare e legarti a me. Allora non era abbastanza. Ora tutto ciò a cui riesco a pensare è metterti un bambino. Allora davvero non potresti mai lasciarmi. Rimarresti bloccato qui per sempre. Mio. Ti ho persino rubato la pillola anticoncezionale la prima notte in cui sei svenuta. Li avevi lasciati in bagno. Li ho buttati nel water così non li avrebbero trovati. Anche mentre te lo dico, so che non ti lascerò uscire di qui, nemmeno dopo la mia confessione. Non posso."

Lo studio per un secondo, poi scoppio a ridere. In realtà mi ero completamente dimenticato della mia pillola anticoncezionale. Probabilmente perché non ero abituato a prenderli all'inizio. So che probabilmente dovrei arrabbiarmi, ma è cosìHolsen e le sue brutali buffonate da uomo delle caverne. È una delle cose che amo di più di lui.

"Perché ridi? Ti ho intrappolato qui." Le sue mani cadono dal mio viso e si passa una zampa gigante tra i capelli.

"No, non è così che mi hai intrappolato qui." Rido di nuovo, facendogli rivolgere il suo cipiglio, quello che su di me non funziona come fa con i suoi braccianti. "Il modo in cui mi ami, il modo in cui mi fai sentire, queste sono le cose che mi fanno venir voglia di stare con te, Holsen. È così che mi hai tenuto qui e continui a fare quelle cose. Non me ne andrò mai."

Lo sento rilassarsi, un po' della tensione abbandona il suo corpo. "Non te ne andrai mai di qui. Periodo."

"Va bene. Non me ne andrò mai," confermo. Prende la mia bocca in un bacio profondo. Non c'è finezza o seduzione in questo. È un bacio pieno di pura emozione e sollievo. Come se si fosse aggrappato a quest'unica cosa che avrebbe potuto portarmi lontano da lui, e ora quella tensione si è spezzata.

Si allontana, entrambi senza fiato, mentre appoggia la fronte contro la mia.

«Anch'io sono stato così solo. Diavolo, hai visto quella soffitta. Mi faceva male tornare a casa la sera, quindi ho messo via quanti più genitori potevo, così non sarebbe stato così difficile. Non è servito a molto. Mi mancano, ma penso che desiderassi ciò che avevano insieme. Pensavo che non l'avrei mai avuto. Era come ricevere un doppio pugno ogni volta che entravo in casa. Li avevo persi e in qualche modo avevo anche perso la possibilità di replicare la loro felicità per la mia".

Mi posa un altro bacio sulle labbra. Questo è tenero, come se avesse bisogno di finire quello che sta dicendo.

"Ora non riesco a tornare a casa abbastanza in fretta. Diavolo, ricordo il primo giorno in cui sono uscito sapendo che eri tornato nella grande casa. Mi stavo facendo il culo per fare una cosa così potevo tornare indietro e controllarti. Stavo pensando che potresti cambiare idea e andartene. Volevo solo guardarti di nuovo per vedere se eri reale, o forse alla fine ero impazzito e avevo sognato qualcosa. Ho passato gli ultimi anni cercando di stare fuori casa, e ora non riesco a convincermi a starne lontano. L'hai fatto. Ecco perché non posso lasciarti andare.

Ho bisogno di te,Nehemie. Mi hai riportato in vita. Non posso tornare a lavorare fino alla morte. Questo è quello che stavo facendo. Mi sono svegliato alle prime luci dell'alba, ho lavorato sodo tutto il giorno, quindi quando sono tornato a casa tutto quello che potevo fare era mangiare, poi andare a letto e schiantarmi.

Sento che i miei occhi iniziano a lacrimare, un nodo che mi cresce in gola.

"Ti amo,Holsen. Mi fai sentire la persona più importante del mondo."

"Sei."

Questa volta lo bacio. Posso sentire le lacrime scorrere lungo le mie guance.

"Non piangere. Vuoi che ti faccia arrabbiare tutti?" mi prende in giro, facendomi sorridere.

"Come mai non ci hai mai provato?" Sospiro, non so perché lo chiedo perché non penso di volerlo sapere, ma un'altra parte di me lo vuole. "Sai, come incontrare una ragazza o qualcosa del genere. Non che tu abbia un brutto aspetto. June non poteva essere l'unica ragazza in questa città.

Holsenle guance mostrano un accenno di rosso. Sta arrossendo? Non è possibile che il mio cowboy chiacchierone arrossisca alla mia domanda.

"Holsen", insisto, volendo davvero saperlo adesso.

"Ti ho già detto che non ero pazza. Ero sempre a cavallo o aiutavo mio padre. Una volta ero andato in città con alcuni braccianti agricoli. A loro piace andare al bar un paio di volte al mese per scatenarsi. Beh, mi sono lasciato andare un po' troppo la prima volta. Ho bevuto un po' troppo e l'ho sentito per tre giorni. Non li ho mai accettati quando uscivo di nuovo. Fa un respiro profondo. "Poi ho perso i miei genitori e tutte le mie energie sono state spese per far sì che questa fattoria rimanesse in vita. Rendili orgogliosi.

"Che dici,Holsen?" Non poteva essere...

"Non credo che mi abbia dato fastidio perché non l'ho mai avuto, quindi chiaramente non sapevo cosa mi stavo perdendo. NO, Nehemie, Non sono mai stato con nessuno tranne te.

Mi lancio contro di lui, facendolo ricadere.

"Basta con le prese in giro. non sono più dolorante, Holsen. Dammi quello che è mio adesso."

Lui sorride. "Sì signora." Poi mi prende la bocca. Allora cominciamo a tirarci i vestiti a vicendaHolsen improvvisamente si ferma. Comincio a protestare, ma la sua mano mi copre la bocca. Con l'altra mano fa il gesto di zittire.

"Affrettarsi. Li ho appena visti dirigersi tutti al dormitorio", sento dire June, riconoscendo immediatamente la sua voce. Capisco davvero cosaHolsen intendevo che lo facesse impazzire adesso.

Sento uno spruzzo, come se del liquido fosse stato versato a terra.

"Dovremmo far uscire i cavalli?"Holsenil viso di lui si riempie di rabbia al suono della voce di Billy.

"NO. Potrebbe attirare l'attenzione. Accendilo e basta", risponde June, ed è in quel momento che sento odore di gas.

"Quando ti lascerò andare, scenderai da quella scala e correrai"Holsen mi sussurra. "Promettimelo. Scenderai da quella scala e scapperai. Apri quelle porte e prendi Earl.

Annuisco e lui mi bacia energicamente, poi ci trascina entrambi in piedi. Salta oltre il bordo, senza preoccuparsi della scala. Lo seguo il più velocemente possibile. Lo vedo sopra Billy, June sta lì, a guardare scioccata. Mi giro e corro comeHolsen me lo ha detto.

Quando apro le porte della stalla comincio a urlare. Vedo Earl e altre due mani volare fuori dalla sua piccola cabina in una corsa mortale verso di me. Indico la stalla e loro mi superano di corsa.

Io non so cosa fare.Holsen mi ha detto di uscire dalla stalla. Ci vuole tutto in me per rimanere radicato al mio posto e ringraziare DioHolsen esce pochi minuti dopo. Gli salto addosso e lui mi prende.

"Grazie Tesoro. Non sai quanto sia importante quando ti dico di fare qualcosa qui fuori e tu lo fai. Vuol dire che non devo preoccuparmi."

Gli sorrido. "Spero che tu intenda solo nella fattoria perché non funzionerà così bene da nessun'altra parte."

"Non lo vorrei in nessun altro modo."

Le porte iniziano ad aprirsi eHolsen mi rimette in piedi mentre Billy e June vengono tirati fuori dalla stalla. Ciascuno è tenuto per il braccio. Billy sembra che riesca a malapena a stare in piedi. Il sangue gli esce dal naso e un occhio comincia già a chiudersi.

Non riesco a fermare il sussulto che lascia la mia bocca.

«Ha cercato di dare fuoco al nostro fienile, tesoro. Con te dentro. È fortunato che possa respirare, figuriamoci camminare,"Holsen dice a denti stretti, come se le parole avessero il sapore di acido in bocca.

Gli metto una mano attorno al braccio, cercando di calmarlo un po'.

June singhiozza e basta. Lei si libera dalla presa di Earl e lui la lascia andare. Lei cade in un mucchio sulla terra.

Mi giro al rumore di un camion che non riconosco che arriva dal vialetto.

Si ferma a una ventina di metri da noi e un uomo che sembra sulla cinquantina scende dal camion.

"Papà. Non ho fatto niente!" June singhiozza da terra.

L'uomo scuote la testa come se non fosse sicuro di cosa fare con la figlia che singhiozza.

"Chiamerai lo sceriffo?" chiede infine.

"Dipende,"Holsen dice, voltandosi verso l'uomo. I suoi occhi si avvicinano a me come se mi vedesse per la prima volta, eHolsen mi passa davanti, facendomi venir voglia di dargli una pacca sulla testa. Sento Earl ridacchiare dietro di me.

"Non,"Holsen ringhia, e so che è davvero nervoso. Gli metto le mani sulla schiena e lui ci si appoggia un po'.

"Su cosa?" chiede il padre di June.

"Voglio che se ne vada", dice riferendosi a Billy, "e che tu debba fare qualcosa con tua figlia. Hanno appena cercato di bruciare il mio fottuto fienile con mia moglie dentro."

"Non sapevamo che fossi lì!" June urla, ammettendo la propria colpa.

Tutti la ignorano e basta.Holsen continua. "Questo mi porta a credere che abbiano avuto un ruolo anche nella mezza dozzina di altri incidenti che mi sono accaduti in tutta la mia terra e in quella di mia moglie."

Il mio cuore si scioglie un po' alle sue dolci parole. Non credo nemmeno che abbia colto quello che ha detto o cosa significa per me.

"Immagino di non avere scelta. Se n'è andato, ma la mia fattoria andrà con lui. Non ho un caposquadra e Dio sa che non posso più farlo da solo. La mia artrite mi permette a malapena di alzarmi dal letto".

"Jim, non è un mio problema, ma se vuoi ti lascio avere Brandon. Sono sicuro che coglierebbe al volo l'opportunità di diventare caposquadra in una fattoria, per non parlare del fatto che averlo laggiù potrebbe raffreddare questa piccola guerra che si è creata tra queste due fattorie. So che non voglio che tu perda la tua terra. Probabilmente verrei sellato accanto a Dio solo sa chi.

"Non farlo, papà." June ha smesso di piangere e la sua rabbia è evidente sul suo viso.

«Sali sul camion, June.»

"Ma, papà, io..."

"Sali su quel dannato camion!"

June sussulta e si avvia verso il camion. Lei entra e sbatte la porta.

"Billy, sei licenziato", dice Jim. La sua voce mi fa sentire un po' dispiaciuta per Billy. "Grazie,Holsen, per non aver chiamato la polizia. Non so cosa sia successo a giugno, ma risolverò tutto e hai la mia parola che non ti disturberà più.

"Parlerò con Brandon stasera e lo manderò qui domattina presto per elaborare tutti i dettagli."

"Suona bene."

«E, Jim, penso davvero che dovresti riconsiderare la mia offerta. Comprerò tutto, e terrò anche gli uomini che hai a lavorare laggiù, se vuoi andartene. Porta te e tua moglie un po' più vicino alla città. Andare in pensione."

"Penso che potrei accettarti su questo. Ti farò sapere domani." Sento la portiera del camion chiudersi e partire.

Holsen si gira a guardarmi, i suoi occhi si addolciscono.

"Puoi semplicemente comprare tutta la sua terra in questo modo?" Chiedo. Mi ha mostrato dove la loro terra incontra la sua. Sembra che ne abbiano altrettantoHolsen lo fa, e questo è molto. Non riesco nemmeno a immaginare quanto possa costare una cosa del genere.

"Tesoro, ho il petrolio nella mia terra. Non c'è molto da queste parti che non posso comprare se lo vogliamo", mi dice, scostandomi un ricciolo dal viso e infilandolo dietro l'orecchio.

"Ma dovrai lavorare di più se ottieni tutta quella terra? Non voglio che tu lavori di più." Faccio il broncio un po', eHolsen getta indietro la testa e ride. Una risata piena, profonda, che gli esce dal profondo del petto.

"Ti ho appena detto che sei schifosamente ricco e tutto quello a cui riesci a pensare è di non avere abbastanza tempo con me?"

"Sei schifosamente ricco", lo correggo, senza preoccuparmi minimamente dei suoi soldi. Non vale niente senza di lui.

«Abbastanza sicuro che sia nostro. Non ricordo che tu abbia firmato un accordo prematrimoniale."

Rimango a bocca aperta. Non ci avevo nemmeno pensato. Beh, davvero non ho avuto il tempo di farlo, con quanto velocementeHolsen mi ha fatto entrare e uscire di corsa da quel tribunale.

Poi sono tra le sue braccia.

"Porta via il signor Buckman dalla nostra terra, Earl,"Holsen abbaia mentre si avvia verso casa con me sulle sue spalle.

"Con piacere, capo", sento dire Earl.

Quando entriamo,Holsen chiude la porta con un calcio e io giro la serratura senza che me lo chieda.

"Tesoro, stai per essere di nuovo dolorante."

Capitolo 12

Holsen

PrendendoNehemie nella nostra camera da letto, le do una pacca sul culo scherzosamente lungo la strada. Lei ridacchia di gioia e questo rende il mio cazzo ancora più duro. Sentirla felice è tutto ciò che desidero nella vita. Bene, quello e i bambini.

Sono passati un paio di giorni, quindi ha avuto il tempo di guarire. Ora sono pronto per rivivere la nostra prima notte di nozze e provare a completarla. Era stupido essere timido nel dirle che ero vergine, ma lo era anche lei, quindi immagino che avrebbe dovuto conoscere quella sensazione meglio di chiunque altro. Sono felice di aver aspettato finché non è arrivato quello giusto. Perché è dannatamente sicura che lo sia. Lei è l'unica per me e voglio passare il resto della nostra vita a mostrarle tutte le ragioni per cui.

Quando la lancio al centro del letto e le salgo sopra, continua a ridacchiare. Le tolgo i vestiti dal corpo e lei inizia a fare lo stesso con me, e in un attimo siamo entrambi nudi e sorridiamo come idioti.

"Ti amo", dico con un sorriso, e lei allunga la mano e mi tocca il viso. "Anch'io ti amo,Holsen."

Scivolando tra le sue gambe, non provoco nessuno dei due mentre premo il mio cazzo sulla sua apertura. I nostri occhi restano fissi e ci stringiamo l'un l'altro mentre mi avvicino lentamente a lei. Le do tutto finché non rimane più un centimetro, con la radice del mio cazzo che preme contro la sua figa.

Una volta che sono dentro la sua tensione, la tengo lì, desideroso di sentire il suo calore che mi circonda. Appoggio la fronte alla sua e sento le sue unghie che mi graffiano leggermente la schiena. I suoi fianchi iniziano a muoversi sotto di me e mi rendo conto che il suo bisogno di me sta crescendo.

Mentre mi dondolo dentro e fuori da lei, il suo canale mi afferra e gemo per quella sensazione.

"Così dannatamente stretto. Perfetto, tesoro.

"Holsen, ancora", geme, e io abbasso lo sguardo e la vedo chiudere gli occhi e inclinare la testa all'indietro.

Metto la bocca sul suo collo e scendo lungo la sua gola, leccandola e mordendola. si aggrappa a me mentre faccio l'amore con il suo corpo, dandole tutto ciò che vuole. La sua dolcezza liscia copre il mio cazzo, e il suo movimento fluido è quasi troppo da gestire. La stretta della sua figa inizia a contrarsi e ringrazio Dio che sia vicina quanto me.

"Questo è tutto, Nehemie. Vieni, tesoro. Sborrami sul cazzo. Fallo bello e bagnato.

Sento che iniziano le pulsazioni e la seguo oltre il limite. Lei grida il suo piacere nella stanza e io la tengo stretta a me mentre scarico il mio sperma nel suo grembo in attesa. Spero che abbiamo fatto un bambino la prima volta che l'ho presa, ma continuerò a darle tutto ciò che può contenere di me finché non si pianta dentro di lei. Voglio allevarla e avere tanti bambini piccoli che corrono per la fattoria. La voglio legata a me in ogni modo possibile, e la voglio con mio figlio.

Il solo pensiero che sia incinta mi fa uscire un po' più di sperma dal cazzo.

Cerco di non crollare su di lei quando scendiamo entrambi dall'alto, ma un po' del mio peso ricade su di lei, e la sento grugnire sotto di me. Lei ridacchia di nuovo, e io ci giro così lei è sopra e posso rimanere sepolto dentro di lei mentre la tengo a me.

"Sei dolorante?" chiedo mentre percorro la punta delle dita su e giù per la sua spina dorsale nuda. La sua testa è sul mio petto e respira in modo uniforme. Chissà se si è già addormentata.

"Assolutamente no."

Sorrido alle sue parole e a quanto suonino assonnate. Mi aspetto che si addormenti, ma dopo qualche istante inizia a spostarsi sopra di me. La sua figa si struscia sul mio cazzo ancora gonfio e automaticamente mi spingo dentro di lei, cercando di darle ciò di cui ha bisogno.

Presto si siederà completamente su di me e mi cavalcherà meglio di qualsiasi rodeo che abbia mai visto. Adora essere al top e avere il controllo, e adoro tenerle i fianchi mentre si lavora la figa.Nehemie è una dea quando si perde nella sua passione, e io sono schiavo di qualunque desiderio abbia. Spero di trascorrere il resto della nostra vita facendo esattamente questo fino alla fine dei tempi.

Epilogo

Holsen

10 anni dopo...

"Nonno Earl, leggicene un altro. Per favore!"

Il nostro figlio maggiore, Joseph, salta su e giù sul pavimento, chiedendo un'altra storia. Mi avvicino e avvolgo le bracciaNehemie, che è in cucina a coprire la torta che ha preparato oggi. Ne è rimasto solo un po', e ho la sensazione che lo porterà di nascosto stasera, dopo che i bambini saranno andati a letto.

"Bene. Ancora uno. E questa volta lo dico sul serio."

Nehemie ride e scuote la testa. "Quei ragazzi gli tireranno fuori almeno altre cinque storie prima che si arrenda davvero."

"Lo tengono sotto controllo e lo sanno." Le bacio il punto del collo, appena sotto l'orecchio, e stringo il suo corpo più vicino al mio.

Ha acquisito più curve nel corso degli anni e mi è piaciuto vederla sbocciare in una donna a figura intera. Mi ha dato cinque bambini e con ognuno di essi sembrava più bella del precedente. Ha avuto delle complicazioni con la nostra figlia più piccola, Lily, quindi abbiamo deciso che era ora di smetterla. Abbiamo avuto la fortuna di avere tre maschi e due femmine, quindi abbiamo una casa piena.

Alla fine ho comprato il ranch Johnson e Brandon lo gestisce ancora. L'ha trasformato in un allevamento di pecore, e funziona quasi quanto il bestiame che ho qui. Non ho più una troupe così numerosa qui, visto che quel lato del business sta andando così bene. Ho ancora circa sei ragazzi nello staff qui, incluso Earl, che è diventato il nonno della nostra piccola tribù.

I bambini lo adorano e si è sempre sentito come uno di famiglia, quindi è stato naturale quando abbiamo iniziato a chiamarlo nonno. Al vecchio piace altrettanto, a giudicare dal sorriso permanentemente stampato sul suo volto.

"Vieni sulla veranda con me e siediti un po', signora.Mirtillo", dico contro la sua pelle.

Nehemie trema sotto il mio tocco e guarda dove sono i bambini. Sono tutti seduti a gambe incrociate sul pavimento, appesi a ogni parola del libro. Lei annuisce e io la prendo per mano, portandola fuori dalla porta laterale e sull'altalena con me.

Canticchia una canzone dolce mentre la tengo in braccio, baciandole la fronte e guardando il sole tramontare. Qui abbiamo una vita semplice, ma è la più perfetta che potessi mai immaginare.Nehemie rende tutto facile e le nostre vite scorrono. È come se ondate d'amore continuassero a muoversi intorno a noi, ed è tutto merito suo.

Nehemie è il collante che mi tiene insieme e il ritmo che fa funzionare questo posto. È quella da cui corrono i ragazzi quando si sbucciano le ginocchia e quelle che le ragazze seguono fingendo di essere proprio come lei. Tutto ciò che tocca si innamora di lei, quindi mi assicuro di mantenere i suoi tocchi solo per me. Anche dopo tutti questi anni, sono ancora un bastardo geloso quando si tratta di condividere la sua attenzione. Per fortuna, lei lo capisce e mi ignora quando sono irragionevole.

Lei è l'altra metà della mia anima e mi ha dato una vita che avrei potuto solo sognare anni prima. E mentre la stringo a me e i nostri figli escono uno per uno per sedersi sulle nostre ginocchia, sorrido e penso a quanto sono dannatamente fortunato che lei abbia scelto me.

Fine

Don't miss out!

Visit the website below and you can sign up to receive emails whenever Ashley Colem publishes a new book. There's no charge and no obligation.

https://books2read.com/r/B-A-TMQAB-NPCSC

BOOKS 2 READ

Connecting independent readers to independent writers.

Did you love *Stringere Così Forte*? Then you should read *Esaurimento*[1] by Ashley Colem!

ESAURIMENTO

SIENNA POTREBBE ESSERE GIOVANE, MA IL SUO CORPO SA DI COSA HA BISOGNO

[2]

Quando la madre di Sienna si risposò e se ne andò a Parigi con fretta, si rassegnò a essere allevata dalla sua governante.

Sienna non si sarebbe mai aspettata che il suo nuovo fratellastro, Grant Foster, il freddo signore di Wall Street, le assegnasse una squadra di guardie del corpo, la trasferisse nel suo attico multimilionario e iniziasse a chiamarla principessa. Sfortunatamente, mentre Grant la vizia tantissimo, continua a tenerla a debita distanza.

Sienna potrebbe essere giovane, ma il suo corpo sa di cosa ha bisogno. E anche se al suo fratellastro potrebbe essere proibito, lei non può fare a meno di chiedersi cosa servirebbe per logorarlo...

---

1. https://books2read.com/u/4N75aJ

2. https://books2read.com/u/4N75aJ

Also by Ashley Colem

Bien Trop Brutal
Obsede Par Elle
Limite dépassée
Amour Improbable
Kataliya, la Parfaite Élue
Le Choix Ultime d'un Seul Amour
Réveille-toi, Barbara
Sexe à Répétition
Taïna est en feu
Captive d'une Nuit Enneigée: Jusqu'à ce qu'elle apparaisse et que son âme se sente captivée
Ces Attouchements Tabous: Cette nuit-là, il a changé ma vie pour toujours
Épuisement: Sienna est peut-être jeune, mais son corps sait ce dont il a besoin
Il va l'avoir: William veut Jesse plus que tout au monde
La Femme de ses Rêves: Il est obsédé par la jeune beauté qui lui a volé son cœur
Le No 1 des Connards: Il ne cherche pas d'excuses pour ce qu'il est ou ce qu'il fait
L'étrange Mariage du Milliardaire
Maintenant... Elle est à moi pour Toujours: Je mets un bébé dans son ventre et une bague en diamant à son doigt
Piégé par elle

Tenir si Fort: Il ne savait pas qu'une obsession pouvait s'emparer de lui
aussi fort
Un Alpha de Mauvais Caractère: Aucune femme n'a jamais été capable
de le gérer
Un Échange Très Étrange: Le destin de Cian et de Serenity, croisés
dans un lycée américain
Limite Superato
Amore Improbabile
Kataliya, la Perfetta
La Scelta Definitiva di un Singolo Amore
Sesso ripetuto
Taina è in Fiamme
Esaurimento
La Donna dei Suoi Sogni
Lo Stronzo #1
Stringere Così Forte